[法]让娜·多雷 / 约翰·塞尔维 / 亚力克西·图布朗

奥雷利安·卡约、塞西尔·克鲁埃、
托马斯·多曼格、让-吕克·埃马纽埃尔
及克莱拉·穆勒
参与编写

祁梦雪 译

LES CENT ONZE PARFUMS
QU'IL FAUT SENTIR AVANT DE MOURIR

111 香水巡礼

人民文学出版社
PEOPLE'S LITERATURE PUBLISHING HOUSE

著作权合同登记号　图字 01-2023-3553

Originally published in France as :
Les cent onze parfums qu'il faut sentir avant de mourir
By Jeanne Dore, Yohan Cervi, Alexis Toublanc
© 2019 Nez éditions

图书在版编目（CIP）数据

111香水巡礼／（法）让娜·多雷，（法）约翰·塞尔维，（法）亚力克西·图布朗著；祁梦雪译．－－北京：人民文学出版社，2023
ISBN 978－7－02－018179－7

Ⅰ．①1… Ⅱ．①让… ②约… ③亚… ④祁… Ⅲ．①随笔－作品集－法国－现代 Ⅳ．① I565.65

中国国家版本馆 CIP 数据核字（2023）第 149081 号

责任编辑	卜艳冰　郁梦非
装帧设计	钱　珺

出版发行	人民文学出版社
社　　址	北京市朝内大街166号
邮政编码	100705
印　　刷	上海盛通时代印刷有限公司
经　　销	全国新华书店等
字　　数	157千字
开　　本	889毫米×1194毫米 1/32
印　　张	8.5
版　　次	2023年6月北京第1版
印　　次	2023年6月第1次印刷
书　　号	978-7-02-018179-7
定　　价	88.00元

如有印装质量问题，请与本社图书销售中心调换。电话：010-65233595

序

21世纪00年代中期，掀起了一场史无前例的香评热潮，在这场热潮中，一些人积极发声，勇敢地表达了自己对香水的见解、想法、剖析与感受，而他们评论的内容大多不外乎香味金字塔、奇异原料以及杂志内页的缪斯女神。Auparfum网站闻风而动，随即开始从后来人们口中的"香评博客空间"里搜罗大批香评，这些香评博客空间有蓝胡椒（Poivre bleu）、麝香粒（Grain de musc）以及龙涎香（Ambregris）……

如果说这一现象在英语世界中还显得有些超前，那么它在法国已经构成某种文化的开端，同时也促成了一个特定群体的诞生。该群体可以获取资讯并在网络上相互交流、展开讨论：无论是酷爱香水的死忠粉、见多识广的业余爱好者，抑或是充满好奇的门外汉，他们都纷纷深陷其中，无法自拔！

除了作为一张简单的香水清单，以及一份对130年间香味创作的见证，本书还为香水文化与爱香群体代言，这一群体将香水视作文化产物和艺术品，而非一件昙花一现的普通消费品。

书中提到的香水基本出自Auparfum网站于2014年12月发布的一份报告，这份报告旨在成为权威参考宝典，它也是供爱香人士使用的指南手册。本书盘点了那些举足轻重的香水、那些必须知道的香水，了解它们有助于我们丰富个人文化储备并更好地理解香味世界的多元性、审美观以及年代大事记，我们还能够与行家畅所欲言。总之，本书涵盖了一生中必闻的所有香水，只有至少闻过它们一回，我们才不算稀里糊涂地死去！

严格来说，这111款香水称不上个中翘楚，也绝非我们的私心偏爱，更不一定是销量冠军，但它们用自己的独创性、导向性与先锋性为香水史的形成贡献了巨大力量。有时候，某些大胆的作品还会通过触发人们的共情或是与其他香水划清界限，从而在香水界占据一席之地。

书中的某些香水由于能在大众中引起严重分歧而被推上神坛。而另一些名气不大、比较小众甚至已经停产的香水则对后世产生了深远的影响并成为当今范本，奠定了现代香水界的基础。上述第二类香水的确较难寻觅，但人们还是有机会一嗅芬芳，比如在 l'Osmothèque——这家位于法国凡尔赛的香水收藏馆中，人们也可以在旧货商店以及购物网站上淘到这些古董香。

　　由于书中列出的香水是 Auparfum 网站的编辑们经过交流与讨论而得，因此难免具有一定的主观性：它是片面的，充满个人色彩的观点较多，选择的香水也颇受争议。它也必然是有限的，很显然一方面受篇幅控制，当然更重要的原因在于"我这一生有没有必要去闻这款香水呢？"这个太难回答却又值得玩味的问题。

　　在多番抉择后，我们敲定了书中的最终名单，所有香评都经过重新撰写、反复润色与不断扩充，力求为读者带来一个崭新的视野，去探寻这场别开生面的香水回顾展。本书由权威编辑共同编写，行文老练、笔调真挚，偶有几处疏离感较强或夹杂了个人主观感受，但文本内容可靠，用词讲究且又不失可读性。它们彰显出 Auparfum 网站的精神，即用严肃的态度、幽默的口吻与诗意的笔触勾勒旧时光与新天地中的香水轮廓，另辟蹊径地开辟一个有别于市场和广告的视角。香味世界犹如一份亟待探索、分享与呵护的艺术宝藏。更宽泛地说，嗅觉同其他感官一样，值得我们用高水准的评论去滋养，唯有这样才能为真正的气味文化奠定基础。

再版序

自出版以来，被我们亲切称呼为"111"的它收获了比预想得还要多的读者。除专业人士与香水爱好者外，许多新入门者也对它产生了兴趣。对于鼻子出版社而言，它是"鼻子文化"系列的第一块砖，2018年，该系列又迎来一位新成员——《香水之书》。幸运书迷们甚至还在两场巴黎的展出中亲自闻了闻书中提到的香水，这两场展出吸引了不少只好奇的鼻子。本书的历史感、文化性以及作为重头戏的敏锐嗅觉度得到了所有人的赞赏。在问世近一年后，它已经卖脱销了。怎么办才好呢？

经过一番深思熟虑，我们一致认为，加印是远远不够的。原因在于，当你为编写这本大家伙呕心沥血数月后，并不会轻易满足，面对着最终拿到手的那本让人日思夜想的成品，你们还是会忍不住感叹："哎呀，我们或许应该加上这款香水的……还有那款，我们还能闻到它吗？"一本书是永远无法真正画上句号的。

因此，我们选择从主线中"剔除"五款已不在市场上流通的香水（但你仍然可以在 l'Osmothèque 中闻到它们，见 p.267），并为它们单独开辟了一个单元，这五款香水分别是：牛至，科蒂；西普，科蒂；我的罪，浪凡；绯闻，浪凡；纪梵希之水（停产于2018年），纪梵希。这样的选择为其他五款香水腾出空间，我们一致认为，新增的这五款绝对不容错过，它们是：岛屿森林，香奈儿，1926；香根草，娇兰，1959；红毒，迪奥，1998；夜晚，馥马尔，2015；白花之夜，内奥米·古德瑟，2017。

总之，"111"还叫"111"。但在新版中，实际总共有116款香水。

此外，我们还在书中的某些地方加注，对香水瓶、香水名或是香水配方的改变做出了标记……

愿首次翻开这本书的人们阅读愉快，也愿再次翻开它的老读者们拥有别样的体验，你们的重温让我们倍感欣慰！

目录

5　序
7　再版
14　关键词
17　专名一览

266　参考书目
267　香水宝地
　　　香水网站
268　调香师目录
270　品牌附录

针对每一款香水，您将了解到：
→ 它的调香师
→ 它的问世时间
→ 它的所有类型，编写香评时参照的类型用下划线标注
→ 它的前身与衍生香水的简单介绍

与此同时，香水也是文化与审美的产物，是时代的象征，您还将了解到：
→ 使用过香水的名人
→ 香水客串的影片
→ 香水获得的荣誉

1880—1939
现代香水的黄金时代
P. 18

21　掌上明珠，娇兰
23　阵雨过后，娇兰
25　黑水仙，卡朗
27　蓝调时光，娇兰
29　蝴蝶夫人，娇兰
31　金色烟草，卡朗
33　哈巴妮特，慕莲勒
35　5号，香奈儿
37　俄罗斯皮革，香奈儿
39　一千零一夜，娇兰
41　岛屿森林，香奈儿
43　喜悦，让·巴杜
45　午夜飞行，娇兰
47　卡朗男士，卡朗

1940—1969
从时装设计师到嬉皮士
P. 48

51　罗莎女士，罗莎
53　绿风，巴尔曼
55　灰色鸢尾，
　　雅克·法特
57　迪奥小姐原版，
　　迪奥
59　喧哗，
　　罗贝尔·皮盖
61　比翼双飞，
　　莲娜·丽姿
63　爱马仕之水，
　　爱马仕
65　青春朝露，
　　雅诗·兰黛
67　迪奥之韵，迪奥
69　倔强，葛蕾
71　香根草，娇兰
73　驿马车，爱马仕
75　原创麝香，科颜氏
77　香槟，法贝热
79　满堂红，娇兰
81　清新之水，迪奥
83　绿逸，兰蔻
85　爱之鼓，娇兰

1970—1979
自由
之风
P. 86

- 89 罗莎之水，罗莎
- 91 19号，香奈儿
- 93 广藿香，回忆
- 95 左岸，圣罗兰
- 97 芳香不老药，倩碧
- 99 1000，让·巴杜
- 101 迪奥蕾拉，迪奥
- 103 鸦片，圣罗兰
- 105 马球，拉夫·劳伦
- 107 黑莓缪斯，阿蒂仙之香
- 109 橘绿之泉，爱马仕
- 111 娜希玛，娇兰

1980—1989
市场
主宰
P. 112

- 115 玫瑰之影，芝恩布莎
- 117 科诺诗，圣罗兰
- 119 乔治，比华利山
- 121 水中影，蒂普提克
- 123 巴黎，圣罗兰
- 125 可可小姐，香奈儿
- 127 尊爵之香，古特尔
- 129 激情，凯文·克莱
- 131 毒药，迪奥
- 133 漂亮朋友，爱马仕
- 135 露露，卡夏尔
- 137 华氏温度，迪奥
- 139 永恒，凯文·克莱

1990—1999
世纪末的
香味世界
P. 140

- 143 自我，香奈儿
- 145 璀璨，兰蔻
- 147 绿茶，宝格丽
- 149 林之妩媚，芦丹氏
- 151 一生之水，三宅一生
- 153 天使，穆勒
- 155 琥珀君王，芦丹氏
- 157 银霭鸢尾花，芦丹氏
- 159 裸男，让·保罗·高缇耶
- 161 法布街24号，爱马仕
- 163 丛林，高田贤三
- 165 南方之水，古特尔
- 167 一号香水，洛丽塔
- 169 香颂男士，宝诗龙
- 171 忽必烈麝香，芦丹氏
- 173 宣言，卡地亚
- 175 红毒，迪奥
- 177 罪恶晚香玉，芦丹氏

2000—2009
小众香水的觉醒

P. 178

- 181 花样年华，高田贤三
- 183 青净古龙水，穆勒
- 185 M7 绝对乌木，圣罗兰
- 187 茶话，
  皮埃尔·纪尧姆
- 189 一轮玫瑰，馥马尔
- 191 为她，
  纳西索·罗德里格斯
- 193 白树森林，
  阿蒂仙之香
- 195 苍穹，爱纳克斯
- 197 银影清木，迪奥
- 199 二号男士香水，
  川久保玲
- 201 橘采星光，爱马仕
- 203 醉人晚香玉，馥马尔
- 205 桀骜男士，迪奥
- 207 异型，穆勒
- 209 激情喷射，解放橘郡
- 211 大地，爱马仕
- 213 熠动，娇兰
- 215 墨恋，莱俪
- 217 梵音藏心，
  阿蒂仙之香
- 219 鸢尾轻芳，普拉达
- 221 月之咏叹25，爱慕
- 223 在你怀中，馥马尔
- 225 第十三时，卡地亚
- 227 天竺葵先生，
  馥马尔

2010至今
转变进行时

P. 228

- 231 贵妇肖像，
  馥马尔
- 233 绝对黄昏，
  弗朗西斯·库尔吉安
- 235 米图，维若之香
- 237 东京麝香，
  帝国之香
- 239 蓝色水仙花，
  爱马仕
- 241 美洲豹，卡地亚
- 243 天使皮革，爱马仕
- 245 纽约极致，尼古莱
- 247 米西亚，香奈儿
- 249 禁忌烟草，
  帝国之香
- 251 夜晚，
  馥马尔
- 253 白花之夜，
  内奥米·古德瑟

1905至今
一生中本不应错过的香水

P. 254

257 牛至，科蒂

259 西普，科蒂

261 我的罪，浪凡

263 绯闻，浪凡

265 纪梵希之水，纪梵希

关键词

浓度

"淡香水""香水""香精",这几种不同的表达方式并不对应确切的标准和死板的规定。实际上,没有任何一篇文章曾明确一瓶香水的最低浓度到底应该是多少。

打个比方,男香通常为淡香水,但它们的浓度有时能接近20%(剩余的80%是水和酒精的溶液),而有些淡香精的浓度才只不过18%。"香精",常被简单称作"香水",如果说它的浓度是三种中最高的,其浓度值同样可能在20%—40%之间浮动。但香精的气味特征还取决于制香时所用原材料的品质以及与其高浓度相对应的特殊配方。

如今,"淡香水"与"香水"这两个术语通常与市场概念配合。不过它们有时对应着气味大相径庭的商品(参见同系列香水词条),并催生出各式各样的说法,比如"清新香水""淡雅香水""感性香水""浓情香水"等。它们的出现往往意味着香水新配方的问世,并且必然伴随着铺天盖地的广告宣传。

重新配方

在不同规范管理机构的共同施压下,香水行业二十多年来一直坚持对本行业商品中所含的原料物质进行自主管理。

天然原料中包含的一些致敏物质(比如橙皮中的柠檬烯)是关注的焦点。通常,出于预防的考虑,某些人工合成原料或是天然原料的使用受到限制,甚至被严令禁止。品牌方们会相应地对包含这些原料的香水配方作出调整,这就是我们所说的"重新配方"。市面上的所有香水都会根据建议不断地对配方进行调整,这时常会造成气味的细微差别,或是颠覆性的改变。香水在改版后依旧会经历重新配方,其目的在于使配方与时俱进,也可能是为了降低制香成本。

香水的年代越久远,它的原貌就越有可能经历翻天覆地的改变,但一切还是取决于被改动的原料的分量与类型,以及对香水重新操刀的调香师的才华。

古董香

几年前,人们对古董香的印象还停留在诞生于20世纪80年代前或是已经销声匿迹(停产)的香水。随着重新配方的盛行,人们的想法逐渐转变,他们开始将现有香水的所有旧版本均视为古董香(或半古董香),无论其年代是否久远。一些收藏者更是成为收集停产香水的专家,他们在个体买卖网站、私人旧货市场以及拍卖会上淘到那些消逝的气味。

尽管香水不会同美酒一样历久弥香,但我们还是可以很好地保存它们,使它们的寿命超过品牌通常建议的三年使用期限。如果有幸闻过一瓶陈香,那么您一定能够判断出它是否保存完好。香水的天敌有以下几个:高温、光照、潮湿以及空气。保存香水的最好方式就是将其放在包装盒里,并将包装盒置于一个封闭的空间(紫外线会导致气味分子发生变化),同时还需要保证这个空间湿度够低并且温度恒定,温度最好控制在11到14摄氏度之间(高温会加速香水中分子的转化)。一瓶完整的香水总是比只剩半瓶的保存得更好,因为空气会加速氧化。最后,比起容易挥发且浓度较低的清新香水和淡雅香水,"底蕴"更加深厚的淡香精以及香精显然能够保存更久。

前调(柑橘调、芳香调、醛香调)通常比尾调更易氧化,后者挥发较慢,时间对它的影响也相对较小。

总的来说,琥珀香与皮革香更能经受住时间的考验。在这里需要格外注意西普调香水,它们中广藿香和橡木苔的味道极易变浓并且可能会盖过香水中其他成分的风头,进而产生一股塑料味。对于暗黑系香水,您也不能放松警惕,随着时间的推移,其中某些物质的颜色会逐渐变深,尽管它的味道不会发生改变。虽然上文提到了几点建议,但实际上并没有什么真正的保养指南,毕竟我们无法预料到一瓶香水抵御岁月的能力。最佳鉴定官还是您自己的鼻子:将香水喷一点在手腕处,如果几分钟后它仍散发出熟悉且宜人的味道,那就证明它保存完好。

相反,如果出现了酸味、塑料味或者刺鼻的金属气味,那就代表着香水氧化了,完全变味了,这就好比一瓶带着瓶塞味的陈酒。香水主要由乙醇构成,乙醇从本质上来说是一种防腐物质,细菌群或真菌群几乎不可能在如此严苛的环境中生存。因此,香水面临的最大考验是来自于气味层面而非健康层面。

专名一览

纯香 ABSOLUE
纯天然原料，经过挥发性溶液和酒精洗剂的处理，从植物（花、树脂……）中提取而得，萃取过程能够去除残余的蜡质。

调协 ACCORD
香水中由不同香调构成的和谐且平衡的组合。

醛 ALDÉHYDE
以纯天然形态存在的合成高分子，比如存在于柑橘的果皮中。具有多种类型，仅在气味上有细微差别。人们可以通过香调的不同对它们进行分辨，有金属调、油脂调的醛，有的醛气味似火，有的则或多或少散发出柑橘味，有的闻起来像肥皂，还有的闻起来会让人联想起熨斗。

琥珀调 AMBRE
属东方调，通常由香草、岩蔷薇以及香脂（塔鲁香脂、苦配巴香脂、安息香脂）构成。得名于弗朗索瓦·科蒂创作的古老琥珀（1908），如今的它代表了由琥珀构成主香调或部分香调的一类香水。注意不要将琥珀与灰琥珀（龙涎香）混淆，后者香味来源于抹香鲸，如今经过一定的化学合成手段后，它的味道更增添了几分野性，木头与蜡的气味也更加凸显；更不要将琥珀与制作珠宝时所用的化石树脂混为一谈，后者完全无味。

基底 BASE
自20世纪初开始，新气味分子的制造者们构想出这份囊活了天然原料以及合成原料的大集合，目的是激发原料的潜能并促使它们为调香师所用。在这些如今得以广泛应用的基础原料中，有不少成为了各大著名香水的重要组成部分。

西普调 CHYPRE
香水中的一大香型，主要由香柠檬、玫瑰、茉莉、橡木苔、广藿香以及岩蔷薇几种香调协而成。得名于弗朗索瓦·科蒂创作的西普（1907），这款香水是第一款真正意义上的西普调香水，也是第一款广为流传的西普调香水。在它之前，有许多其他香水曾取名西普，它们可能从"西普的雏形"——即中世纪时人们所使用的香味球演变而来。西普调与东方的地中海岛有着怎样的关联如今仍是一个谜……

古龙水 COLOGNE
香水中的一类，主要由柑橘、橙花、薰衣草以及迷迭香精油组合而成，浓度约为5%。第一瓶古龙水（又名科隆水）诞生于18世纪初，意大利人乔瓦尼·马利亚·法利纳在德国科隆售卖，当地的医生将古龙水用于治疗，造就了它的成功也解释了它名字的由来。

精油 ESSENCE
又名精华油。水蒸气经过蒸馏得出的天然原料，可以诱出某些纯天然配料（花、草、木、种子、树叶……）中的芳香化合物。

香精 EXTRAIT
香精，有些品牌也常直接称其为"香水"，香水中浓度最高的形态（多种原料的混合），其浓度在20%—40%之间。

同系列香水 FLANDER
由某款香水衍生而来，两者通常瓶身相同，名字也部分一致，但气味之间没有（或不一定有）联系。同系列香水、香水的特别版（味道有联系）、限量版或仅仅是新浓度版，有时我们很难在货架上分清它们，更不知道自己究竟该闻谁。

馥奇调 FOUGÈRE
得名于霍比格恩特的皇家馥香（1882），由薰衣草、天竺葵、橡木苔以及香豆素调协而成，有时其中还可能添加芳香调、木调或是东方调。
起初，它是一种中性香，自20世纪70年代起逐渐变为男香代表，原因主要在于它常被用于须后水中。

柑橘调 HESPÉRIDÉ
香水中的柑橘香型（柠檬、橙子、香柠檬、枸橼……），果皮中蕴含香味精油，经刮擦方能获得。它得名于希腊神话中赫斯珀里得斯三姐妹的花园，这三位美女看护着花园中长生不死的金苹果树。

香水浓缩液 JUS
酒精溶液，由原料丰富的香水浓缩而得。它仅构成香水这种液体本身，不包括香水瓶。

试香纸 MOUILLETTE
又名试香棒。一条细纸片，用香水将它沾湿后，通过浸透及蒸发作用，我们可以闻到香水的味道并品味其气味的流变。

香调 NOTE
香水组成元素中的一种或多种独特且辨识度极高的原料的味道。

香味金字塔 PYRAMIDE
香水构成以及流变的三阶段。金字塔的顶部，是香水的前调。前调的味道极易挥发，总是率先消退。紧接着是中调，可以留香几个小时。最后，是尾调，最为持久，气味可以在衣服上停留数日。作为市场营销构想出并加以推广的概念，香味金字塔的出现不应让人们忘记这样一个事实：香水不能被简化为一张配方表。香水的表现方式、风格特色、气味平衡以及审美品位也同等重要，但是这些特质却很难得到具象化的呈现。香水真实的变化过程并不是如上述般线性的：所有的味道或多或少地同时挥发着！

1880

↓

现代香水
的
黄金时代

1939

1880—1939. 19世纪下半叶开始，香水的配方中多了化学合成原料的身影，调香师们的制香工作从而被彻底颠覆。他们想彻底与具象化的花香型以及芳香型香水划清界限，这两类香水清新淡雅，却又略显平庸。他们的新创作则更具抽象性与艺术性，香水的成分愈发多变，形态也更为出彩。结构、平衡以及创新的概念与这群创造者们充沛的想象力配合得相得益彰，正是他们孕育出了后来我们熟知的香味世界。在如今的香水界中，占据绝大多数的气味形态均诞生于19世纪80年代至20世纪30年代间。人们对香水的品位在不断更迭，制香工艺亦然，正是这些变化造就了那些活跃至今的香水的多样性与创造性。

品牌： 娇兰 Guerlain	调香师： 艾梅·娇兰 Aimé Guerlain	问世时间： 1889	类型： 香精 香水 淡香水

侧面	正面

顶部	标志

掌上明珠 JICKY

中性香鼻祖。掌上明珠的诞生奠定了现代香水的基础,当然一方面是因为其制香过程中使用了若干人工合成香原料(在这一点上并非首创),更为关键的是它构想出能使香水气味浓郁、持久留香的前中后调模式。掌上明珠属经典的馥奇香调,薰衣草与香柠檬的气息引出天竺葵的芬芳,随之而来的是一股更加馥郁的基调,由香草与香豆素交融而成,后者是薰草豆的组成元素之一,它闻起来有股干草味,还隐隐透出杏仁感的麦秸香。

香柠檬的清新在前调中一枝独秀。微妙之间,它将一股摄人的野性注入,与整瓶香水的格调完美契合。柑橘锁住了沁着丝丝绿意的芳香调,并诱出薰衣草的登场,两者的气味相得益彰。麝香悄无声息地将木调融入玫瑰与天竺葵的中调里。桂皮分饰两角,为香水注入了一股既辛辣又火热的强劲气息。所有的味道在寸缕间勾勒出掌上明珠的轮廓,沾染着些许脂粉味,浸润了更多的馥郁花香,香草与香豆素在其中交相呼应。檀香木,不着痕迹地,又为之增添了几抹氤氲,渲染出香水的抽象感。又一道点睛之笔——压抑嘶吼的麝香,它在暗潮汹涌间带来震颤的、炙热的香调,就连更为浓墨重彩的橡木苔都无法将它压制。

艾梅·娇兰酷爱试验与创造,他也因此创作出许多风靡一时的杰作,比如掌上明珠。他的作品中展现出一种真正的平衡:每一味添加,设计中每一缕稍显跳脱的气味,都在另一种香调的调和下变得协调。除了具象化的呈现效果以及纯天然香料的精妙杂糅,这种从整体入手调香的方式孕育出如今人们所熟悉的香水。(亚力克西·图布朗)

银幕流芳:
在贝特朗·波尼洛的影片《妓院里的回忆》(2011)中,妓女克洛蒂德(席琳·塞莱特饰)的客人发现她身上的气味很好闻,克洛蒂德告诉他自己喷了掌上明珠。

他们曾用过:
碧姬·芭铎
杰奎琳·肯尼迪
罗杰·摩尔
莎拉·伯恩哈特
肖恩·康纳利

皇家馥香 —— 掌上明珠 —— 一千零一夜
霍比格恩特　　娇兰　　　　娇兰
　　　　　　　　　　　　　P. 39

品牌：	调香师：	问世时间：	类型：
娇兰 Guerlain	雅克·娇兰 Jacques Guerlain	1906	淡香水

侧面

正面

顶部

标志

阵雨过后 APRÈS L'ONDÉE

紫罗兰花雨。不为大众熟知,却是无数香水爱好者的心头好,阵雨过后是娇兰的一大杰作。作为一款诞生于美好年代的香水,它让人联想起这样的画面:优雅佳人撑着阳伞,周身散发出淡淡的忧郁。阵雨过后是一件静默的作品,它勾勒出田园牧歌般的景色,和煦的阳光穿过薄雾洒在林中的空地上,植物湿漉漉的,透着寒气,大自然呈现出和谐美好的样貌。香水在肌肤上散发出茴香与柑橘的气味,这股气味又一点点消退,让位于更加美妙的紫罗兰香,它香气持久、充满粉感又格外柔和。沾染着鸢尾的清冷,中调释放出康乃馨浓郁又辛辣的味道、含羞草毛茸茸的气息以及金合欢野性的呼唤——它的气味接近于皮革,这几种不同种类的花朵共同拼凑出一捧华丽的花束。当然,阵雨过后完全和丰腴不沾边,它只是一束缀满雨滴的鲜花,芳香转瞬即逝,娇媚与柔弱才是它不变的灵魂。香气在尾声处绵延不绝,后调丰富、有质感、精致、芬芳并且如奶油般绵密(天芥菜、香草、檀香、安息香、麝香),它也为6年后诞生的蓝调时光埋下伏笔,后者的琥珀调更加奔放。蓝色、淡紫色、叶绿色、浅黄色和白色,它们似乎是阵雨过后偏爱的色彩。香水还有一个绝佳的香精版本,更为深沉和冷峻,但可惜的是,受新条例规定所限,该版本于2000年初停产。对于它的绝版,人们除了遗憾别无选择,同样令人不舍的还有它那田园风的古朴香水瓶,藤编竹篮筐的样式,顶部配有三叶草形状的喷头。轻盈又易逝,阵雨过后是一款娇柔又朦胧的香水,它清透空灵的美貌被优雅装点。(奥雷利安·卡约)

他们曾用过:
伊莎贝尔·阿佳妮
玛丽昂·歌迪亚
伊娜·德·拉弗拉桑热
卡尔·拉格斐
安迪·沃霍尔

牛至
科蒂
P. 257

阵雨过后
娇兰

蓝调时光
娇兰
P. 27

| 品牌：
卡朗
Caron | 调香师：
埃内斯特·达尔多夫
Ernest Daltroff | 问世时间：
1911 | 类型：
香水
淡香水 |

侧面

正面

顶部

标志

CARON

黑水仙 NARCISSE NOIR

骚动的彼岸。下面要介绍的或许是卡朗香水中的巅峰之作，毋庸置疑，它最独特、最神秘也最跳脱。黑水仙，特立独行，它拓展了某些难以辨别的香调，使之化身为香水中阴郁而又不安分的部分。香水随之定调。中调的橙花大张旗鼓地登场，不承想节节退败，肉体与长毛皮革的味道将其驱赶。这朵花拒绝在温和自持与怒火中烧间做出选择：这并不足为奇，因为香水灵感来源于由迈克尔·鲍威尔和普雷斯伯格执导的同名电影《黑水仙》。香水使橙花最矛盾的样貌得以呈现：看似温柔疗愈的它，顷刻间便会换上另一副面孔。一副甜蜜诱惑、野性十足却又扰人心绪的面孔，一如通灵的白花。海量凶猛的麝香与狂悍的灵猫香共同发力，大肆侵染这股令人眩晕又恣意妄为的花香。一切止步于檀香醉人心脾的木香余韵中。

黑水仙值得我们观察、沉思与欣赏。它的独特性不容置喙，没有任何一朵橙花曾以这番样貌示众，叫人们几乎认不出它的本来面目。

然而，在 2001 年，黑水仙做出了重新配方的决定。如今仍以同名贩售的香水与 1911 年的初始版本相去甚远。现存的香精版不过是一株最传统的橙花，伴有一股接近麂皮的香味以及白麝香扑鼻的气息。至于香水版，它则是一枝文质彬彬的橙花，又香又软，但遗憾的是，原始版本的戏剧性和深沉感还是在其中无影无踪。（亚力克西·图布朗/托马斯·多曼格）

银幕流芳：

在迈克尔·鲍威尔执导的影片《黑水仙》（1947）中，年轻的将军（萨布）对着修女露丝挥动自己喷了香水的围巾，问她："你喜欢这个味道吗，修女露丝？这是黑水仙。我在伦敦的陆海军商店买的。""黑水仙？我一点儿也不喜欢。"

他们曾用过：

葛洛丽亚·斯旺森
麦当娜

黑水仙	我的罪	毒药
卡朗	浪凡	迪奥
	P. 261	P. 131

品牌： 娇兰 Guerlain	调香师： 雅克·娇兰 Jacques Guerlain	问世时间： 1912	类型： 香精 香水 淡香水

侧面	正面

顶部	标志
	**GUERLAIN**

蓝调时光 L'HEURE BLEUE

衰落之香。在受到弗朗索瓦·科蒂西普的启发进而创作出神秘的蝴蝶夫人之前，雅克·娇兰就已经开始沿用这位同行的制香预备工艺，并推出了同样大名鼎鼎的蓝调时光，这款香水延续了牛至的气味结构。

问世于1905年的牛至曾在香水界掀起一场小革命，原因在于它别出心裁地将天然原料（依兰、香柠檬、橙花油）与内含合成分子的新基调组合起来，新基调有：甲基紫罗兰——包含甲基紫罗兰酮，该合成分子闻起来有股紫罗兰香，以及赤藓红，其中的丁子香酚则会散发出康乃馨的气味。这样的组成结构尽管颇具开创性，却透着些粗蛮，使这款香水难以被驾驭。娇兰采用了同样的结构，但对它进行了优化和平衡，使其更加细致入微，也造就了如今的辉煌。

一直以来，蓝调时光都留给我这样的印象：它是一块厚重又充满蜡感的香膏，由蜜与花粉组成。臻于完美的复杂花香显得清新且热烈，雅克·娇兰的才华在这股蛩声遐迩的"娇兰香"中得以淋漓尽致地展现，它同时也为我们塑造了一个历久弥新的永恒范式。

些许茴香与香柠檬为前调送去一抹悠远又芬芳的清凉，随后，这股清凉之气又与甘甜的橙花、醇美的玫瑰、辛辣的康乃馨、绵密的晚香玉，以及粉粉的天芥菜香融为一体。香水的尾调柔和温婉，似一团奶油，它优雅的气质得益于香草、鸢尾与檀香的加入。

蓝调时光代表一天中的某个时刻，那时，太阳躲藏了起来，将大片空间留给黑暗尽情驰骋，天空蒙上一层特殊的淡蓝色，香水同时还象征着美好年代风暴来临前的这段平静岁月。（让娜·多雷）

银幕流芳：

在路易斯·布努埃尔执导的影片《白日美人》(1967)中，塞芙丽娜（凯瑟琳·德纳芙饰）打碎了一瓶作为"陈列品"的古早娇兰香，在陈列架中，每瓶香水上都分别贴有一张颜色各异的标签。打碎的这瓶上贴着淡蓝色标签，很有可能就是蓝调时光。

她们曾用过：
凯瑟琳·德纳芙
丽莎·明尼里
罗密·施耐德
凯特·摩丝
乌苏拉·安德斯

牛至	蓝调时光	熠动
科蒂	娇兰	娇兰
P. 257		P. 213

| 品牌：
娇兰
Guerlain | 调香师：
雅克·娇兰
Jacques Guerlain | 问世时间：
1919 | 类型：
香水
香精
淡香水 |

侧面

正面

顶部

标志

蝴蝶夫人 MITSOUKU

秋日漫步。 蝴蝶夫人是我与西普调香水的初次邂逅，这一香型旋即带给我嗅觉与情感上的双重震撼，并成为我鼻尖触碰过的最珍贵美好的气味，直至今日。

在如今为人所知的西普调香水中，娇兰的蝴蝶夫人无疑是先驱之一，不过开创者的身份还是得归于科蒂的西普，毕竟它比蝴蝶夫人早两年诞生，西普巧妙地在橡木苔、广藿香与香柠檬、玫瑰、茉莉之间达成平衡，并正式确立了这一香型。而雅克·娇兰则在某种程度上优化了科蒂的成果，通过在其他元素中掺入大量十一烷酸内酯（或十四醛）这种散发出果香并且有着桃子般毛茸茸质感的化学合成分子，他成功地使蝴蝶夫人脱颖而出，成为西普香型中特立独行的一员。蝴蝶夫人的结构相当简单，香柠檬前调，玫瑰、茉莉以及桃构成的中调，还有橡木苔、桂皮、胡椒和香根草组合而得的尾调，但它给人们留下结构复杂、层次分明的印象，如同反差巨大的色块拼接在一起的效果，这些色块闪耀的光芒打在人们身上、投射在空气里。香料与林下灌木丛，毛茸茸的水果与阴冷的广藿香，柑橘与花朵，一切都不可思议般地和谐相处，平衡共存。

香水名取自克洛德·法雷尔出版于 1909 年的小说《战役》中的一位日本女性角色，蝴蝶夫人的芳名完美映射了香水所处的时代，也在一定程度上满足了当时的欧洲对远东地区的好奇与向往。而它的气味特质还与战前那些更加温柔、女性化的花香型香水（比如蓝调时光）形成鲜明对比。西普调，以冷硬与中性为个人色彩，它反映出 1920 年代的女性在社会中的新定位。它是一款象征着解放与自由的香水。（让娜·多雷）

银幕流芳：
它曾在乔治·库克导演的电影《晚宴》(1933) 中与珍·哈露一同短暂出镜。

他们曾用过：
英格丽·褒曼
查理·卓别林
狄亚基列夫
艾娃·加德纳
珍·哈露

西普
科蒂
P. 259

蝴蝶夫人
娇兰

罗莎女士
罗莎
P. 51

| 品牌：
卡朗
Caron | 调香师：
埃内斯特·达尔多夫
Ernest Daltroff | 问世时间：
1919 | 类型：
香精
香水 |

侧面

正面

顶部

标志

CARON

金色烟草 TABAC BLOND

革香漩涡。一战结束后,创立于1904年的卡朗已然成为巴黎最富盛名的香水店之一,但它的主要业务还是面向美国市场出口香水(1923年,卡朗公司在纽约成立)。品牌在战后隆重推出的作品完美映射出卡朗风格:一款皮革调香水,炽热且火辣,名为金色烟草,它勾起了人们对美国弗吉尼亚烟草的无尽记忆,这种烟草对女性极具诱惑力,因为男性通常偏爱辛辣的褐色烟草,而女性则想尝试些不一样的。金色烟草的嗅觉隐喻不单指烟草花一种,香水也不力图模仿大自然元素:埃内斯特·达尔多夫想要打破常规,通过采用大量时兴的新基调,去创作一款兼具神秘感、抽象性以及朦胧美的香氛。一瓶形式新颖的香水,一份对渐行渐远的烟草香的模糊回忆,它极大地满足了人们内心一种崭新的渴望,对反抗的渴望。金色烟草开创了真正意义上的皮革香型,通过在其中注入东方香调、厚重木调并佐之以辛辣花香调(康乃馨),成功地与传统的西班牙皮革以及俄罗斯皮革区分开来。香水繁复、干燥又芬芳,徘徊于百里香、月桂和龙蒿之间,同时还伴有胡椒与丁香的辛辣,这几个气味漩涡逐渐趋于深沉。前调充斥着一股柏油味,皮革香缓缓淡出,烟草味则愈演愈烈。椴木与鸢尾修饰了香水的边边角角,又凸显出它的粉末感与干燥性,散发出幽幽琥珀香与香草味的依兰花又为香水增添了几分柔软与油润,香水在香膏味中圆满落幕,尽显野性。金色烟草是一件巧夺天工之作,它浓郁、深邃又不失颓废气质。近15年来,流通于市场的版本在气味上则更添圆润,其中的琥珀香也愈发浓重,同时它还透出干燥皮革的气息。有别于原版却也依旧美好。(约翰·塞尔维/托马斯·多曼格)

他们曾用过:
玛琳·黛德丽
安迪·沃霍尔
黛比·哈利

金色烟草　　　　　摩尔人皮革　　　　　皮革
卡朗　　　　　　　芦丹氏　　　　　　　迪奥

品牌：	调香师：	问世时间：	类型：
慕莲勒 Molinard	亨利·贝纳尔 Henri Bénard	1921	香水

侧面

正面

顶部

标志

哈巴妮特 HABANITA

抽哈瓦那雪茄的女人。如今的哈巴妮特已年近百岁，它好似一位时光旅行者，在经历了面目全非的重新配方以及对"现代化"的盲目追求后，仍奇迹般地存活了下来。尽管现在的哈巴妮特比起原始版肯定有些不同之处，但它仍然可以称得上过去那个时代嗅觉审美的见证者。

1921 年，当香水刚问世时，仅仅只用小袋子包装，这样它就能被放进女士烟盒中，从而让烟盒也沾上香味，并且还可以掩盖住烟草的气息。19 世纪时，在公共场所抽烟仍被视作男性专属行为，或者说仅限于那些不循规蹈矩或是不受性别束缚的女性，比如卡门，梅里美小说中的烟厂女工。但一战结束后，女性开始通过吞云吐雾来展现自身的解放与自由，甚至这还可能是一团"香云粉雾"。

哈巴妮特的前奏或许会让人大跌眼镜：一朵花香云，透着辛辣、烟味与皮革香，气味催人入睡，这时，一缕古龙水香与大片玫瑰、茉莉花香在整个空间内弥漫开，香水被冷不丁唤醒。又过了几秒后，我们似乎嗅到了东方调、脂粉气、琥珀香和木头味，其中的香根草紧挨着广藿香、香草以及香草豆，气息细微又柔和。香水的尾调，持久力惊人，它透出婴儿爽身粉般干爽的质感与纯净的气息，同时也让人们回忆起第一批寻求解放的女性身上蕴藏的一股自由力量，她们吞云吐雾，她们满怀芳香。

哈巴妮特，同所有经典香水一样，呈现出复杂的变化，它用一位女士的口吻诉说自己的故事，这位女士不紧不慢地迈向衰老，使欢愉得以延续。

作为"世界上最持久的香水"，哈巴妮特具备成为一个永恒传说的所有要素。(让娜·多雷)

金色烟草	哈巴妮特	娜珈
卡朗	慕莲勒	维若之香

| 品牌：
香奈儿
Chanel | 调香师：
埃内斯特·鲍
Ernest Beaux | 问世时间：
1921 | 类型：
香精
香水
淡香水 |

侧面	正面
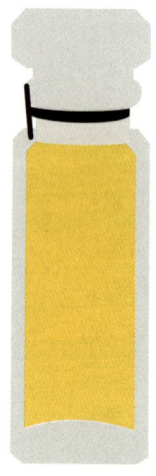	

顶部	标志

5号 Nº5

人间神话。疯狂年代伊始，加布里埃·香奈儿的时装公司风头正盛，并且已经雇用了三百多名裁缝。1920年，香奈儿当时的情人，俄国王室大公德米特里·巴甫洛维奇为她引见了调香师埃内斯特·鲍。出生于俄国的埃内斯特·鲍在位于莫斯科的拉雷特香水店开始了自己的香味事业。1917年俄国十月革命后，他迁居法国南部，并在那里经营着一家小香水店。在香奈儿与鲍强强联手后，世界上最著名的香水——香奈儿5号诞生了。花朵在这瓶香水中尽显优雅，尤其是茉莉、依兰花与玫瑰。但香水同时还呈现出令人眼前一亮的嗅觉新形态，这必须归功于其中添加的著名醛类物质C10、C11与C12，它们的气味醇厚无比，还散发出柑橘的清香与金属的味道。尽管这并非醛类头一回被用于香水调制，但它们第一次成为了香水中的主角。是它们给予了花束光芒与魅力，它们为鲜花添上了画龙点睛的一笔。尾调透出木香，带着粉感，香草味浓郁且野性十足，与前中调形成了鲜明的对比，落落大方，丝毫没有畏缩怯场。香奈儿5号是抽象派的绝佳典范，笔触精妙细致，承载着一位走在时代前沿的女性的蓬勃野心。几十年间，香奈儿5号先后以不同形态呈现，从淡香水到古龙水，再到香水。5号低调奢华版（L'eau première）与5号之水（L'eau）是香奈儿5号在当代最为成功的新诠释。香奈儿5号成为20世纪全球最畅销的香水，它定义了醛花香型并将其发扬光大。如今，几乎所有大品牌都拥有一瓶醛花香调香水，它们往往还是品牌的"当家花旦"：浪凡的琶音、圣罗兰的左岸、纪梵希的禁忌以及爱马仕的驿马车等。香奈儿5号的香型曾无数次被各种商品模仿、盗用、改造乃至糟蹋（比如欧莱雅的雅蝶发胶），这也恰恰证明了它在香水界以及大众文化中深远的影响力。（约翰·塞尔维）

银幕流芳：
在《卡罗尔》（2015）一片中，导演托德·海因斯将影片中的同性爱侣（鲁妮·玛莎与凯特·布兰切特）安排在一瓶香奈儿5号旁边，这样的安排是为两人随后的开怀大笑以及肌肤之亲做铺垫。

他们曾用过：
卡洛·波桂
凯瑟琳·德纳芙
席琳·迪翁
克劳迪娅·希弗
玛丽亚·卡拉斯
玛丽莲·梦露
妮可·基德曼

皇族之花 ········· 5号 ········· 琶音
霍比格恩特   香奈儿   浪凡

| 品牌：
香奈儿
Chanel | 调香师：
埃内斯特·鲍
Ernest Beaux | 问世时间：
1921 | 类型：
香精
香水
淡香水 |

侧面

正面

顶部

标志

俄罗斯皮革 CUIR DE RUSSIE

冬日祭典。这款香水是集精致与平衡于一身的佳作，诞生于20世纪20年代中期的巴黎，当时的巴黎成为俄国人躲避十月革命时的容身之所，而加布里埃·香奈儿女士恰恰享受着被这群俄国人围绕的感觉。俄罗斯皮革的名字受到一种特殊的皮革加工工艺的启发，即用桦木焦油加工皮革，这样做既能保证皮革经久耐用，还会赋予它一股别样的气味。自19世纪起，俄罗斯皮革就已经在香水界中自成一派，某些品牌，比如娇兰以及香榭·格蕾，在当时也已经拥有这一类型的香水。香奈儿的俄罗斯皮革呈现在人们眼前的则是帝国时期圣彼得堡的幻景，它象征着一个逝去的世界，一段从莫斯科到海参崴的漫长旅途，一片被冰雪覆盖的西伯利亚森林，以及北极圈周围漫天的北极光。香水还向我们讲述了这位时尚先锋与俄国大公德米特里·巴甫洛维奇之间的爱情故事。我们可以从香水瓶中窥望俄国灵魂，香水折射出它的意气风发与郁郁寡欢，忧愁苦闷与喜不自胜。

俄罗斯皮革随着一团散发出醛香与柑橘香的旋风腾空而起，为亮眼的茉莉栀子花中调铺垫伏笔。它与香奈儿5号的相似性在前调中显露无疑。但随后，香水一点一点被桦树的冷峻刚硬征服，并沉湎于海狸香那股油腻发酸的野性气息中，最终，它盘旋在金色烟草那温柔干燥的迷人香气的上空。香水就在这股挥之不去的木香中绽放又枯萎，木香也在熊熊燃烧后化为灰烬。

具备双重结构，明暗香调针锋相对，这款香水是完美融合后的产物。它的出色演绎更是展现出罕有的精妙。俄罗斯皮革始终保持着一丝不苟的仪表与略显苛刻的优雅气度，它容不下丝毫的漫不经心。真是妙啊！（约翰·塞尔维）

他们曾用过：
阿丽尔·朵巴丝勒
休·格兰特
米克·贾格尔

5号
香奈儿
P. 35

俄罗斯皮革
香奈儿

绯闻
浪凡
P. 263

| 品牌：
娇兰
Guerlain | 调香师：
雅克·娇兰
Jacques Guerlain | 问世时间：
1925 | 类型：
香精
香水
淡香水 |

侧面 正面

顶部 标志

GUERLAIN

一千零一夜 SHALIMAR

东方幻影。1925年，娇兰推出了一款香水，这款香水即将在日后成为品牌的当家花旦，它拥有恒久的吸引力，堪称现代香水界的传奇，它就是一千零一夜。香水于1921年完成调制（与科蒂的祖母绿同年诞生，两者的味道也非常相近），并在国际装饰艺术博览会上首次亮相。它随即便在全球奢侈品龙头产业中占据了一席之地，同时，它的东方格调与异域风情也立刻在欧洲掀起一阵热潮。一千零一夜芳香四溢，几乎让人难以招架，它力图在香味中呈现出自己最好的一面，馥郁的气息使人们能够充分品味到它细枝末节的美。香味的流变轨迹完全不按常规发展：香柠檬与芳香调带来了清新与活力；随后香水悄悄变身，温柔地切换为玫瑰花香中调，尽管一切进行得悄无声息，这却是关键一步；紧接着，香味再次摇身一变，转化为最浓烈的琥珀香，甚至还隐隐透出皮革味（在最原始的几个版本中）。一千零一夜沿用了掌上明珠（1889）以及手帕先生（1904）中柑橘香与芳香调的框架，但在此基础上，它又通过添加乙基香兰素这种强劲的合成元素，着力强化了东方调与香草味。香草味被推向一个登峰造极的高度，这或许是它畅销至今的一个原因。喜欢这款香水的人通常怀揣不同的理由，这些理由很可能截然相反。有人爱它的清爽，有人爱它极致的东方色彩，还有人爱它的野性。香水是嗅觉感知力的最佳见证者，见证了它的复杂性与多样性。自诞生之日起，一千零一夜便掀起一阵风靡狂潮，不仅在法国，整个欧洲乃至大西洋彼岸也都为之倾倒。它在香水界中留下了浓墨重彩的一笔，即东方风潮，它的成功也让那10年里诞生的其他娇兰香水黯然失色。毕竟谁也不会与神话一争高下的。（约翰·塞尔维）

银幕流芳：

在乔治·库克执导的影片《女人们》（1939）中，克里斯托·艾伦（琼·克劳馥饰）在一家大百货公司中负责香水柜台，其中出现了一千零一夜。

她们曾用过：

蕾蒂莎·科斯塔
梅丽尔·斯特里普
米莲·法莫
丽塔·海华丝
莫妮卡·贝鲁奇
奥内拉·穆蒂
简·铂金
埃斯特尔·莱弗比尔

祖母绿 ················· 一千零一夜 ················· 满堂红
科蒂　　　　　　　娇兰　　　　　　　娇兰
　　　　　　　　　　　　　　　　　　P. 79

品牌：	调香师：	问世时间：	类型：
香奈儿 Chanel	埃内斯特·鲍 Ernest Beaux	1926	香精

侧面

正面

顶部

标志

岛屿森林 BOIS DES ÎLES

温柔的热带。 在疯狂年代（20世纪20年代），处于巴黎社会中心的统治阶级、艺术家与知识分子们充满渴望，他们倾慕异域风情，向往东方，追寻着远方。埃内斯特·鲍在1926年为香奈儿创作的一瓶大作将这种对追寻与逃避的渴望刻画得淋漓尽致。岛屿森林通过气味打造了一片华美丰饶的想象空间，完美贴合时代的需求。

同俄罗斯皮革一样，香水与香奈儿5号颇为相似，但相似之处都体现在细枝末节中。人们认为，鲍将一块坚实的巨型檀香木作为这瓶香水的主心骨。少许醛与黄澄澄的水果为香水送去明亮与光芒，随后，它们拥住了一束绚丽馥郁的鲜花，依兰花在其中独领风骚，花束中还零星地点缀着几朵桂花。香豆素、安息香与香草渐次登场，而香根草则为它们保驾护航，以防它们沦为平庸的东方基调。檀香木寸步不离，持续撩动着人们的心弦，作为香水当之无愧的灵魂角色，它释放出体内的木香与乳香，既干燥又油润。整瓶香水带给人们美妙的感觉，干果、琥珀甜酒与香料面包以高贵的姿态呈现在大众面前。如今的岛屿森林一如既往，甚至还具备了更加丰富的内涵，它仍然是市场上最美的檀香调香水之一，同时也是一瓶完美的中性香水。它让我想起阳光普照的秋日，以及这美好时节接近尾声时的最后一丝悸动。是的，岛屿森林是秋老虎的梦中情人。

香水在1980年再版，后又于2007年被收入香奈儿"清新古龙水"系列。它同时也是黑木的灵感之源，这款昙花一现的男香出自雅克·波尔热之手，问世于1987年的黑木在两年后又以另一个更为人熟知的名字重出江湖：自我。（约翰·塞尔维）

5号	岛屿森林	自我
香奈儿	香奈儿	香奈儿
P. 35		

品牌： 让·巴杜 Jean Patou	调香师： 亨利·阿梅哈 Henri Alméras	问世时间： 1930	类型： 香精 香水 淡香水

侧面

正面

顶部

标志

喜悦 JOY

瑰美玫瑰。作为两战间规模最大的时装店之一的创始人，让·巴杜在20世纪20年代中期投身香水的创作、生产与销售。他请来了亨利·阿梅哈，这位调香师自1914年起便开始效力于保罗·波雷并协助后者创立了香水品牌"玫瑰心"。他最早为巴杜创作的香水有：爱慕，我知道什么？，告别理性，崇高时刻，为了他以及沙尔（著名的防晒油）。1929年，华尔街股市大崩盘后，危机也接踵而至，让·巴杜损失了部分美国顾客。为了扭转颓势，他决定向市场推出一款极尽奢华的香水，这瓶香水即将在未来留下划时代的意义。阿梅哈最初的几样试验品并没能让这位时装设计师满意，后者想要一款气味强劲浓郁的香氛，如同一捧光彩夺目的花束。然而调香师却担心香水会随着自身浓度的提升而失去精致感。但他最终还是选择了妥协，喜悦就此诞生，香水中的纯天然玫瑰与茉莉散发出浓郁的香气，几缕花香调衬托在旁，尾调透着淡淡的木香与麝香味。这是一款极致奢华的香水，我们甚至可以称其为香中"新贵"，它霸气外露，摆出一副不可一世的尊贵面孔，如同一件昂贵的钻石首饰。喜悦堪称香水界的劳斯莱斯。两朵花中的一朵时而会艳压另一朵，但总的来说，整瓶香水坚如磐石、一成不变，十分的"顽固不化"。无论如何，能嗅到如此高品质的纯天然原材料，并且还是在这样罕见的高浓度之下——罕见度堪称空前绝后，又何尝不是一种幸运呢？喜悦香精仅限量发售，它的稀有勾起了顾客们的兴趣，也造就了自己的成功与声名。现有的版本依旧散发着耀眼的光芒。（约翰·塞尔维）

她们曾用过：
奥黛丽·赫本
杰奎琳·肯尼迪
约瑟芬·贝克
朱莉亚·罗伯茨
费雯·丽

更新换代：
让·巴杜在2018年被路易·威登集团收购，迪奥（同属这一集团）又将这一具有划时代意义的香水的名字用于命名自己新推出的女香。让·巴杜的喜悦似乎不再唾手可得，在如今这个标签化的时代，我们似乎无法预见这瓶传奇香氛的未来。

喜悦	颂歌	迷信
让·巴杜	娇兰	馥马尔

品牌： 娇兰 Guerlain	调香师： 雅克·娇兰 Jacques Guerlain	问世时间： 1933	类型： 香精 淡香水

侧面

正面

顶部

标志

午夜飞行 VOL DE NUIT

醉人的黄水仙。午夜飞行也许是世界上最伟大的香水，它也绝对是一生中必闻的一款香水。作为一件兼具把控力与智慧的杰作，它凭借一己之力凝聚了香水界的全部精华。

仅仅通过空泛地列举原材料来描述它的气味显然不恰当，因为说得直白点，午夜飞行代表了整个西方香水界。从古龙水到琥珀香，它的花香中调还带着点馥奇调与木调的色彩，其结构类似西普调香水，而质地又近乎皮革，所有的香型都浓缩在这一瓶内涵丰富的香水中。然而，尽管午夜飞行既抽象又复杂，但它向来有条不紊，保持着清晰的构架，彰显出完美的平衡。

青涩的香柠檬皮与白松香开启了香水，之中夹杂着几片透出花香与草香的橙叶。这抹翠色在薰衣草与黄水仙的烘托下愈发凸显，黄水仙是这瓶香水中当之无愧的巨星，它是一朵青白色的花，芳香四溢，气味让人联想起干草。辛辣的玫瑰香带来微妙的气息，这时，一股奇妙的野性接踵而至。黄水仙随即变身为一根粗糙的木头，栖身于苔藓上，香水散发出隐约的鸢尾香，性感的麝香也在其中嗡嗡作响。些许琥珀调使香味更加圆润，零星的皮革香又掀起一波小高潮，它们是香水中时髦的存在，支撑起香水的灵魂。

前调的抽象感使午夜飞行给人们留下难以捉摸的初印象，但是一旦开始使用它，一切的疑虑便会烟消云散。如果说同它一样富有创造力的香水在绝大多数情况下都是一团混沌，形态不定又辨别不清，那么相比之下午夜飞行唯有精巧、细致与明媚。它的奇思妙想，如电光火石般环环相扣，每一种香调都与另一种相互应和，同时还压制住所有的放肆跳脱。对，没错：午夜飞行就是世界上最伟大的香水。（亚力克西·图布朗）

银幕流芳：
在克洛德·夏布尔的电影《维奥莱特·诺齐埃尔》（1978）中，维奥莱特的母亲（斯特凡·奥德朗饰演）搜查女儿的包，从里面拿出一瓶棕色的午夜飞行香精。

他们曾用过：
伊莎贝尔·阿佳妮
卡拉·布鲁尼
玛琳·黛德丽
凯瑟琳·赫本
芭芭拉·史翠珊

午夜飞行 ················· 迪奥小姐原版 ················· 蓝色水仙花
娇兰　　　　　　　　迪奥　　　　　　　　爱马仕
　　　　　　　　　　P. 57　　　　　　　　P. 239

品牌：	调香师：	问世时间：	类型：
卡朗 Caron	埃内斯特·达尔多夫 Ernest Daltroff	1934	淡香水 香精 淡香水80年纪念版(丰裕)

侧面

正面

顶部

标志

CARON

卡朗男士 POUR UN HOMME

阳光下的决斗。1934 年，埃内斯特·达尔多夫创作出卡朗同名男士香水，它在当时属于专为男士量身打造的第一批香水，有别于传统意义上的古龙水。作为法国香水界的中流砥柱，这件作品既经典又大胆，满足了所有性别以及全部年龄层人士的需求。

卡朗男士就如同一幅印象派的风景画卷、一场五彩缤纷的颜色游戏：淡紫色、蓝色、黄色还有褐色，一笔一划，重叠着，交织着。纯净的天空，点亮了上普罗旺斯山丘上的薰衣草田，干燥怡人的微风，轻抚着花田，吹来了火热又充满粉感的东方调。在质朴的外表下，卡朗男士实则蕴藏着一个双重结构，分别在两个时段中推进发展。起初，薰衣草闪亮登场，它清新扑鼻、活力四射，几缕柑橘香接踵而至，它带来了古龙水的清爽感觉。随后，香草、香豆素与琥珀交织而成的香气翩跹而来，充盈了整片天地，它们精致、圆润又不失粉感，还透出淡淡的美味气息。

虽不曾引起过轰动与追捧，但卓越的卡朗男士香水在经历时光淘洗后固守住自己的芬芳，成为一生之香，世世代代的人们为之倾倒，它成功地跨越了一个又一个十年，不曾老去。永垂不朽的它有着恒久的价值以及无法撼动的魅力，如今，它仍然是卡朗最畅销的香水。（约翰·塞尔维）

他曾用过：
阿诺德·施瓦辛格
赛日·甘斯布
克里斯提·鲁布托

掌上明珠 ………… 卡朗男士 ………… 裸男
娇兰 卡朗 让·保罗·高缇耶
P. 21 P. 159

1940
→

从
时装设计师
到
嬉皮士

↓
1969

1940—1969. 二战后的头几十年里，大大小小的变革不断。在冲突渐次瓦解后，市场立刻被兼具时装设计师与调香师双重身份的人占领，其中的佼佼者便是克里斯汀·迪奥，他在当时一炮而红。战后的女香纷纷开始从魅力四射的好莱坞影星身上汲取灵感。20世纪40年代与50年代的主旋律是花香调与西普调，它们浓香四溢、馥郁芬芳。而到了60年代，醛风盛行，当时的醛调香水受经典作品的启发，但都采用了新的调香工艺。60年代末，女香界中又刮起一阵清新之风，吻合了当时的女性对公正与解放的渴望。男香也紧跟这波潮流，许多更加中性的作品诞生了。此外，西普调古龙水也占有一席之地，它们在过去的基础上又添加了花香气息，比如清新之水系列，与之同期的还有充满粉感的馥奇调香水，如香槟，以及东方调香水，如令人难忘的满堂红。

品牌： 罗莎 Rochas	调香师： 埃德蒙·鲁德尼茨卡 Edmond Roudnitska	问世时间： 1944	类型： 香精（停产） 淡香水

侧面　　　　　　　　　　　　正面

顶部 　　　　　　　　　　　　标志

Femme

从时装设计师到嬉皮士

罗莎女士 FEMME

心中挚爱。1925 年，马塞尔·罗莎在第三任妻子伊莲娜的支持下创立了自己的时装品牌。历史即将脱下裹在自己身上的紧身胸衣与束身带，这种装束曾吸引了全球大批女性顾客，尤其是好莱坞女星们。尽管二战正如火如荼，罗莎仍想要推出一款具有划时代意义的香水。德国攻占法国时期，年轻的调香师埃德蒙·鲁德尼茨卡曾调制出一种接近李子香的独特味道，它酸酸甜甜，并且透出木香、醛香以及花香。他将这一试验品呈现在马塞尔·罗莎以及他的合伙人艾伯特·戈塞面前，立刻得到了他们的认可。同那些著名的西普调香水一样，罗莎女士在光明中出现，绽放，又在黑暗中逝去。尽管香水沿用了娇兰的奢华巨作蝴蝶夫人（1919）的气味结构，但它突出了其中的水果调（李子与桃子），这种香调气味持久、酸甜且浓郁，不过随后又被强劲的经典花香中调（玫瑰、茉莉、依兰、紫罗兰）以及少许焕发的香料（孜然和丁香）中和。与战后的某些香水不同，我们在罗莎女士身上感受不到丝毫的轻盈或是重拾的欢乐。橡木苔、木头、琥珀与麝香构成的调协正是当时那个时代的气味印记。它的馥郁芬芳，它的珠圆玉润——如同一位丰满又性感外露的女士，它的平衡绝技——多种黄色水果香调之间的平衡，它的香料——让人联想起微微出汗的皮肤，以及它的尾调——稳重且深沉。香水的成功使罗莎在接下来的几十年中成为了最知名的香水品牌之一，直到 20 世纪 80 年代。80 年代后，罗莎女士不幸沦为人们眼中的老古板和过气明星，于是，全球探索公司旗下的一位年轻调香师奥利维尔·克莱斯普在 1989 年对其重新操刀。令人意想不到的是，这场香味新编竟大获成功，比起初始版本，新版本的罗莎女士味道愈发深沉也更受大众欢迎。（约翰·塞尔维）

她们曾用过：
奥黛丽·赫本
米莲·法莫

蝴蝶夫人
娇兰
P. 29

罗莎女士
罗莎

月之咏叹 25
爱慕

| 品牌：
巴尔曼
Balmain | 调香师：
热尔梅纳·塞利埃
Germaine Cellier | 问世时间：
1947 | 类型：
香精（停产）
淡香水 |

侧面　　　　　　　　　　　正面

顶部 　　　　　　　　　　　标志

BALMAIN
PARIS

绿风 VENT VERT

野草。皮埃尔·巴尔曼在1945年创立了自己的时装品牌，并于次年推出了品牌的第一款香氛——爱丽舍64-83，香水名对应着其门店的电话区号。如果说这件开山之作没有掀起什么大波澜，那么品牌在1947年推出的第二款香水则成为了超然于时间的杰作。绿风出自热尔梅纳·塞利埃之手，她是二战后的首位女性调香师，更是一个特立独行的角色。她在1930年前后进入罗尔公司成为了一名调香师，她的身边几乎是清一色的男调香师，在这个略显颓势的环境中，她迅速脱颖而出并留下了女魔头的称号。她对香水有着极为独到的见解，介于传统与先锋之间，很好地展现出她的个人形象：活力四射、真诚坦率以及朴实无华。热尔梅纳·塞利埃热衷于在香水中添加过量的原料，并进行粗放式调配，她也因此成功创造出一种新颖的美。绿风吹来一阵意蕴悠远的清新，预示着重现的欢乐与自由。塞利埃选取了白松香精油，这种精油提取自原产于伊朗的某种多年生植物，调香师利用它成功打造出一种气味浓郁的绿色香调，清脆且生机勃勃。她将这种香调的浓度提升到8%，这在当时是史无前例的。在罗勒与柑橘的作用下，这股清新之气逐渐弥漫开；玫瑰、鸢尾、茉莉与铃兰构成的经典香味又使之得到安抚。香水依附于由橡木苔、香根草、檀香与麝香构建的基底，并完美重现了草原、林中空地与小路间的乡村掠影，和煦的天空照耀着美景，春日里轻柔的微风在天空中吹过。20世纪50年代初，勒内·格吕奥特意画了一条留着绿色秀发的美人鱼用于香水的宣传，这条美人鱼也成功地将绿风送入现代香水的圣殿中。不过，在经历了1991年和1999年的两次改版后，绿风逐渐失去了部分的魅力与特色。（约翰·塞尔维）

文坛流芳：

绿风曾出现在伊恩·弗莱明的小说《你死我活》(1954) 中，该小说在1973年被盖·汉密尔顿搬上荧幕，成为詹姆斯·邦德(007)系列电影中的一部："孤独召唤着她。在他们的车厢里，巴尔曼绿风的香气弥漫在空气中。她把头枕在胳膊肘上，从高处的铺位上望向他。"

她们曾用过：

碧姬·芭铎
布丽吉特·佛西
葛丽泰·嘉宝

更新：

目前的版本与1947年的版本相去甚远，它如今的销售量似乎十分有限。

绿风 …… 迪奥小姐原版 …… 19号
巴尔曼　　　迪奥　　　　　　香奈儿
　　　　　　P. 57　　　　　　P. 91

品牌：	调香师：	问世时间：	类型：
雅克·法特 Jacques Fath	樊尚·鲁贝尔 Vincent Roubert	1947	香精（停产）

侧面

正面

顶部

标志

IRIS GRIS

灰色鸢尾 IRIS GRIS

稀世之源。问世于1947年，随后又停产于20世纪50年代中期（由于雅克·法特的离世以及香水成本的急剧增长），灰色鸢尾的一生如白驹过隙，没能留下传世的痕迹。但是，香水的调色板始终摆放在原地：从此之后，香水界里的鸢尾都变为了灰色。这样说也许更合理：从嗅觉的角度看，鸢尾并不是易于亲近的陆生花，它干巴巴的，满身泥土味，还显得有些老气，连它透出的丝丝美味气息也打动不了任何人。然而，樊尚·鲁贝尔——尼兹10以及科蒂情人的创作者——却被鸢尾的美食调打动，他决定用自己的方式驯化它。此外，他还效仿雅克·娇兰，选用了桃子香调来平衡各种香味，后者曾在创作蝴蝶夫人时做出了同样的选择。

喜悦如一阵风，扑面而来。充满活力的明媚果香一刻也安分不下来，迫切地想要揭开这瓶鸢尾调香水的面纱。十四醛的果香与鸢尾的清冷并没有势如水火，反倒是配合默契。两种香调赋予整瓶香水深邃感与真实感，它们相互回应、相互补足。鸢尾的粉感带给果香微妙的变化与明显的触感，却使其失去天真感，最终黯然离去。几缕辛香的到来扰乱了这瓶灰色夜行香的习性；从天真率直的迈索尔檀香到热衷于拐弯抹角的香根草，木调完成了香水最后的修饰工作。

初现时惊鸿一瞥，顷刻后灰飞烟灭。传奇序幕就此拉开。这是一瓶尊贵到难以企及的香水，鲜有人能得幸一嗅芬芳。香水不仅名垂青史，还一直熠熠生辉着，它悄无声息地在您心中安营扎寨，使您对它魂牵梦萦。（亚力克西·图布朗）

他曾用过：
卡尔·拉格斐

更新：
2018年，一场调香比赛为改编这款销声匿迹的经典香水而举办，之后，品牌推出了这款售价高昂的获奖香水（30ml 香精，1470欧元），名为"法特鸢尾"，创作者是漩涡工作室的帕特里斯·勒维拉尔。

维拉·维奥莱塔　　　　灰色鸢尾　　　　银雾鸢尾
香榭·格蕾　　　　　　雅克·法特　　　　芦丹氏
　　　　　　　　　　　　　　　　　　　　P. 157

品牌： 迪奥 Dior	调香师： 让·卡莱斯 Jean Carles 保罗·瓦彻 Paul Vacher	问世时间： 1947	类型： 淡香水 香精 香水

侧面　　　　　　　　　　　正面

顶部　　　　　　　　　　　标志

Dior

迪奥小姐原版 MISS DIOR ORIGINAL

西普新貌。从 1947 年举办的第一场时装展览开始，克里斯汀·迪奥就登上了大师殿堂。得益于他，时尚重又与奢华挂上钩，要知道，奢华曾一度在法兰西第二帝国后的时尚界销声匿迹。在塞尔日·埃夫特莱-卢伊什的帮助下，克里斯汀·迪奥于同年创立同名香水品牌。前者请来他的好友保罗·瓦彻（代表作有乐加利恩、浪凡的琶音），共同为这位时装设计师创作首款香水。塞尔日·埃夫特莱-卢伊什计划调制一款西普调香水，科蒂的西普是他日常所用的香水，同时，几个月前刚推出的绿风也得到了他的青睐。因此，一款绿色西普调的香水诞生了，名为迪奥小姐。瓦谢联手让·卡莱斯打造出最终成品。迪奥小姐沿用了娇兰午夜飞行（1933）的绿色西普结构，但剔除了后者中大部分的东方调。香水的前调，青翠且充满生机，醛、白松香与芳香调在其中占据了大片领地，余下的空间则留给一束姹紫嫣红的花：玫瑰、茉莉、栀子花、鸢尾与水仙。尾调巧夺天工般地将西普调与粉调融入琥珀与皮革的香味中。较为中性却格外"衣冠楚楚"，整瓶香水呈现出完美的干燥感，恍如普罗旺斯的夏夜。珍珠灰仿佛就是它天生的肤色。迪奥小姐被包装在巴卡拉水晶所制的双耳尖底瓶中，问世的第一年仅对外发售不到 300 瓶。面对不断攀升的需求量，香水瓶的样式在 20 世纪 50 年代初得到了修改与简化；香水生产也彻底地标准化与工业化。随着时间的推移，香水不断演变，并逐渐衍生出淡香水版、古龙水版以及香精版。迪奥小姐凝练了这位二战后最伟大的服装设计师的设计风格。现在市面上以迪奥小姐之名出售的香水，相较于原版少了些粉感，多了点野性，但它仍值得探索，尤其是对于那些不了解原版的人们来说。（约翰·塞尔维）

文坛流芳：
在斯坦利·克雷默执导的影片《猜猜谁来吃晚餐》（1967）中，跟随着西德尼·波蒂埃与凯瑟琳·赫本的脚步，我们看到了两大瓶瓶身雕刻着鸡爪状花纹的迪奥香水，它们很可能是迪奥小姐或迪奥之韵。

午夜飞行	迪奥小姐原版	纪梵希 3 号
娇兰		
P. 45		

| 品牌：
罗贝尔·皮盖
Robert Piguet | 调香师：
热尔梅纳·塞利埃
Germaine Cellier | 问世时间：
1948 | 类型：
香水
香精 |
| --- | --- | --- | --- |

侧面

正面

顶部

标志

ROBERT PIGUET PARIS-FRANCE

喧哗 FRACAS

晚香玉满怀。热尔梅纳·塞利埃想必是最早走入人们视线的女调香师之一了。塞利埃的坏脾气远近闻名——她曾被雇主特意安排在一间远离其他同事的独立办公室里，为的就是避免不必要的冲突。制香时的她也有异于常人的怪癖，总喜欢将香水中的某种原料用到极致：比如匪盗中散发出皮革与焦油味的异丁基喹啉、绿风中透出泥土味的绿色调白松香，以及喧哗中的晚香玉。

喧哗总能带给人们惊喜，原因在于热尔梅纳·塞利埃大胆又极富创造性地将天然原料与合成原料结合，从而成功开辟出一方果香浓郁的疆域。果香既是花香调不可或缺的一部分，同时也是合成分子的重点关注对象：乙酸苏和香酯与大黄香调，醋酸苄与梨香，还有闻起来酷似桃子与椰子的内酯。过量的晚香玉身边因此多了一队随从，与之相伴的是大批相互融合的香调，气息强劲且咄咄逼人，此外，几缕醛香也推波助澜，强化了香水最初的这波极致且锐利的效果。不过，随后到来的尾调摇身一变，转化为如花粉般绵密、柔和又娇嫩的味道。当了解到是电影《吉尔达》（1946）的女主角丽塔·海华丝给予了热尔梅纳·塞利埃创作香水的灵感时，我们就能更好地理解喧哗给我们留下的印象：活力无限、魅力无边。

如今，几十年过去了，受到喧哗启发的杰出作品如过江之鲫般涌现，尤其在美国，那里的消费者们是晚香玉的忠实爱好者，在此背景之下，喧哗似乎沦落于平庸。但是让我们再倒回到香水诞生的年代——1948年，当时的香水界仍极其狭隘保守，喧哗的成功是水到渠成的，其调香师也完全应当享受这份香水带给她的功成名就。（让娜·多雷）

她们曾用过：
碧姬·巴铎
麦当娜
玛丽莲·梦露
摩纳哥卡罗琳公主
索菲亚·科波拉
艾娃·加德纳

喧哗 ……
罗贝尔·皮盖

佐治奥 ……
比华利山
P. 119

罪恶晚香玉
芦丹氏
P. 177

| 品牌：
莲娜·丽姿
Nina Ricci | 调香师：
弗朗西斯·法布龙
Francis Fabron | 问世时间：
1948 | 类型：
香精
香水
淡香水 |

侧面

正面

顶部

标志

L'Air du Temps

比翼双飞 L'AIR DU TEMPS

和平与白鸽。 1932年，莲娜·丽姿在儿子罗伯特的帮助下创立了自己的高定服装品牌。罗伯特曾做过广告商，后又成为一位头脑精明的生意人，他在1941年成立了公司的香水部并对它倾注了大把心血。虽然香水仍属于奢侈品范畴，但比起高定成衣，它的价格还是亲民许多，此外，它是提升家族企业知名度的首选利器，有助于其扩大规模。莲娜·丽姿的香水以优雅、温柔、别致与浪漫著称。其中最令人难忘的一款当属比翼双飞了，罗伯特·里奇将它委托给罗尔公司的弗朗西斯·法布龙创作。人们通常将这款香水视作只插了一枝花的花瓶，这花浓缩了香水的精华。但香水中实则藏了一大束鲜花，柔和且透着微微辛辣的康乃馨（当时特别流行的香调）与玫瑰、茉莉、紫罗兰以及鸢尾巧妙融合，粉感的木质尾调与过量的麝香逐渐安抚住躁动的康乃馨。整瓶香水呈现出稀有的温和、无尽的柔情以及亮眼的精致。罗伯特·里奇似乎深谙经营之道，他敏锐地捕捉到当时的社会风气以及被战争创伤的那一代人对欢乐与平和的渴望。他的香水是向全世界释放的爱与和平的讯号。一直到20世纪90年代，这款香水都是全球最畅销的香水之一，尤其风靡于欧洲与美国市场。但香水瓶才毋庸置疑是它成功的秘诀。香水瓶最初的款式并没有引起太大反响，它的外观象征着太阳，微微呈椭圆形，瓶塞上雕刻着鸽子。1951年，罗伯特·里奇与马克·莱拉利克对香水瓶进行了重新设计，新版本是个流苏水晶瓶，瓶身上方盘旋着两只白鸽。香水、香味世界与香水瓶，三者完美匹配。（约翰·塞尔维）

她们曾用过：
克劳迪娅·卡汀娜
拉娜·特纳
戴安娜王妃
乔安娜·拉姆利

白洛吉亚 —— 比翼双飞 —— 斐济
卡朗　　　　莲娜·丽姿　　　姬龙雪

| 品牌：
爱马仕
Hermès | 调香师：
埃德蒙·鲁德尼茨卡
Edmond Roudnitska | 问世时间：
1951 | 类型：
淡香水 |

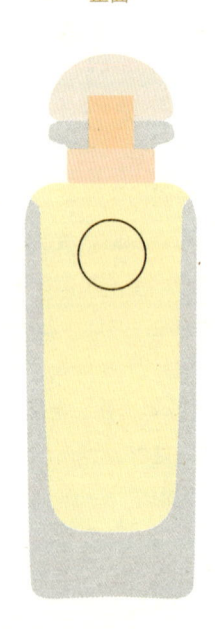

侧面

正面

顶部

标志

爱马仕之水 EAU D'HERMÈS

浑水。有些香水的名字着实具有欺骗性。如果被爱马仕之水这个名字迷惑住,那么它散发出的第一缕香味定会让我们错愕。的确,它与人们心目中的清新香水相去甚远。由于这款香水仅在爱马仕门店里出售,它的调香工艺曾在50年间一直密不可宣,自21世纪初起,它开始出现在各大香水店中,定价也更为亲民。

爱马仕之水是埃德蒙·鲁德尼茨卡创作早期的作品,他的职业生涯在迪奥之韵成型前便开始,又在迪奥蕾拉诞生后达到巅峰。有人说,爱马仕之水是因为有了这位伟大调香师的加持才意义非凡,还有人说,它与罗莎女士简直如出一辙,但它仍然独特,甚至称得上一位当代香味怪胎。

香味伊始,柑橘与橙叶浪漫相约,给人们带来了几秒钟的浮想;紧接着,芳香调与薰衣草调的辛辣使这股香味愈发浓郁,不至于如昙花一现般短暂。爱马仕之水巧妙地掩藏住自己的小把戏,却又迫不及待地显露出真面目。前调中的辛香料、桂皮与丁香大张旗鼓地散开。孜然气味显著,它的出现撼动了初始时的香味世界,香水变得更加阴沉与焦灼。它裹挟着木调与皮革调,使爱马仕重拾品牌的本源与传统,也让人们回想起它最细腻的皮革。香水在麝猫香的甜蜜作用下慢慢回暖,这股香气润物细无声又散发出清晰可感的汗味。

爱马仕之水吹来了热浪与寒风,又在柑橘香与更野性的皮革调、辛香调之间得心应手地玩着平衡杂技。一群种马在马场中放飞自我、自由驰骋。灰尘、汗水、皮肤的味道与幸福相互交织,共同缔造出一个高贵出尘又精妙绝伦的产物。(约翰·塞尔维)

罗莎女士 .... 爱马仕之水 .... 海洋辛香
罗莎 爱马仕
P. 51

品牌：	调香师：	问世时间：	类型：
雅诗·兰黛 Estée Lauder	约瑟芬·卡塔帕诺 Joséphine Catapano	1952	香水

侧面

正面

顶部

标志

青春朝露 YOUTH-DEW

香料浴。仅以沐浴油一种形态推出本品牌的首款香水,这着实是个冒险之举。但这就是雅诗·兰黛琢磨出的金点子,它成功地让20世纪50年代的美国人逐渐养成了每天让自己香喷喷的习惯。根据雅诗·兰黛专柜小姐的建议,我们可以将青春朝露沐浴油滴在洗澡水中,或者直接当作香水抹在皮肤上,它气味浓郁,可以持久留香一整天。如此省时省力的特质使其立刻受到女性消费者的追捧,她们也热切期盼着香精版与香水版的出现。

人们认为雅诗·兰黛的这瓶强劲东方调香水必定蕴藏着意外惊喜,尽管香水的名字乖张得不可思议,从字面上看,青春朝露的意思是"青春的露水"。前调用橙香调布景装饰,这股香调酸甜、青翠,还散发出甜酒香,在它氤氲的气味中,人们已经能感受到熊熊燃烧的广藿香在噼啪作响,一股潮湿的泥土味四散开来。中调是辛辣的花香,其中有康乃馨、桂皮与丁香,虽然与前调一样个性十足,但它更加亲和也更具女人味。

同时,香水还能让人们联想起美国工业的代表作,可口可乐,它也同样是以柑橘与香料为基底的易爆型药水。

青春朝露中沉睡着一位致命女人,香水的尾调使这位女人的两面性和平共处:苔藓与广藿香演绎的西普双重奏为我们呈现出其中一副冷酷无情的面孔,而散发出树脂味与琥珀香的脂粉调又在肌肤上扑上一层烟雾面纱,使香水另一副性感模样更加展露无疑。青春朝露,以及它透出的动人光晕,被人们评价为"惊天动地",它们似乎在向这些女明星们致敬:尽管我们预料到她们会对身边人任性胡闹、跋扈暴戾,但她们的魅力、气质乃至放肆还是让人不由得为之倾倒。面目可憎却又一骑绝尘!
(奥雷利安·卡约)

她们曾用过:
葛洛丽亚·斯旺森
琼·克劳馥
麦当娜

禁忌 ———— 青春朝露 ———— 鸦片
丹娜   雅诗·兰黛   圣罗兰
                              P. 103

品牌： 迪奥 Dior	调香师： 埃德蒙·鲁德尼茨卡 Edmond Roudnitska	问世时间： 1956	类型： 淡香水 香精 香水

侧面　　　　　　　　　　　　正面

顶部　　　　　　　　　　　　标志

Dior

迪奥之韵 DIORISSIMO

永恒的春天。战后,香水界中出现了一波"味觉"趋势,它的出现与合成甜香以及合成果香的广泛应用不无关联,埃德蒙·鲁德尼茨卡对此颇为厌弃(如今的他又会怎么看呢?),从而创作出一批更简洁也更贴近自然的香水。在挑选原料时,他倾向于寻找最具天然气息并且与食物味道完全不沾边的原料,他最终将目光聚焦在了自己延用多年的铃兰上。某次晚餐时,他将自己的成品呈现在克里斯汀·迪奥面前,后者当机立断地将它定为迪奥的下一款香水,因为铃兰是迪奥先生本人的幸运花,同时也是他在1954年推出的高定服装系列的名字。

凑近闻,细嗅皮肤上的味道,这位艺术家的轮廓、特质以及他创作的构架便慢慢浮现。我们在焕发的前调中嗅到了依兰飘逸的香气,它营造出一种飞扬的空气感,恍如一阵喷香的风扑面而来。随之而来的是绿色调,近似于风信子的味道,伴有未成熟的梨透出的一丝微弱果香,它使铃兰花朵清脆的质地变得更加真实可感。香水效仿丁香花,精心地为自己扑上了一层脂粉,但它并没有因此失去自己的湿润清新感,这种奇妙的感觉格外自然与持久。一丝难以察觉的动物香调让我联想起田野中雏菊的特殊气息——隐约的粪便气息。最后,木调悄无声息地降临,轻柔地为此次林下灌木丛中的春日漫步画上句点。从香味角度来说,迪奥之韵是罕见的现实主义之作,它完美地还原了这朵小巧的五月之花,它也是一瓶被优雅与乐观感染的香水,烙着生命之欢的印记。在现有版本中,香精版值得特别一提,它也是一件杰作。(约翰·塞尔维)

她们曾用过:
娜奥米·坎贝尔
黛安娜王妃

铃兰木 ……… 迪奥之韵 ……… 陶瓷铃兰
科蒂   迪奥   爱马仕

| 品牌：
葛蕾
Grès | 调香师：
贝尔纳·尚
Bernard Chant | 问世时间：
1959 | 类型：
淡香水
香水 |

侧面 | 正面

顶部 | 标志

Cabochard

倔强 CABOCHARD

皮革球。"经典香水中最迷人的一款。"——这款尊贵香水收获的溢美之辞完美展现出其高深的造诣。尽管少数狂热爱好者对它死心塌地——任何东西也替代不了他们心爱的这只"皮革球",但倔强还是没在大众中享有广泛知名度。虽然从表面上看,香水的结构非常简单,但它实则别有洞天,它的精细度令如今的调香师们都叹为观止。香水借鉴了部分杰出香水的闪光点,在此基础上,它成功把握了特殊香味之间的平衡之道。前调是 1950 年代的经典味道——海量的柑橘香辅以微量酸涩的白松香,经典前调背后藏着一瓶比外表更具先锋性的香水。实际上,同强盗一样,倔强内含大量异丁基喹啉(熟悉的人称之为 IBQ),它属于最早采用该元素的香水之一,这种名称粗陋的合成分子通常被用来还原皮革味,它同时还微微散发出芦笋、柏油以及甘草的味道。由于这一香调极具感染力并且难以被驯服,调香师安排紫罗兰香中调登场,它的温柔似水使皮革调具有了"铁汉柔情"。在这里,我们不禁联系起热尔梅纳·塞利埃在调制朱莉夫人时的创举,她构建的绝妙香调早在几年前就已经展示出紫罗兰是如何将最为冷硬无情的皮革西普调驯化。无论如何,倔强总归还是属于最经典的西普调结构香水:充满魅力的玫瑰、茉莉与依兰花的中调,配以橡木苔的尾调。桃子毛茸茸的质感与香料带来的朦胧感为香水画上了句号,它们让人隐约联想起罗莎夫人,后者没有那么强的扩香力,更注重凸显圆润与温柔的感觉而非情爱般的激烈。如果说倔强是一张皮革,那么它绝对有着绕指的柔情,一如最早的那批法国南部调香师致力打造的味道。(亚力克西·图布朗)

他们曾用过:
葛洛丽亚·斯旺森
安迪·沃霍尔

朱莉夫人 ········· 倔强 ········· 雅男仕
巴尔曼　　　　　葛蕾

品牌： 娇兰 Guerlain	调香师： 让－保罗·娇兰 Jean-Paul Guerlain	问世时间： 1959	类型： 淡香水

侧面

正面

顶部

标志

GUERLAIN

香根草 VÉTIVER

资产阶级之根。 娇兰的香根草与它同名原料之间的关系就如同喧哗（罗贝尔·皮盖）之于晚香玉，或是林之妩媚（芦丹氏）之于雪松一样：都是一份致敬。1959 年，品牌想要以香根草为基调调制一款新香水，并把酷爱这种原料的墨西哥定为目标市场。由于对这个项目并没有太大兴趣，雅克·娇兰将它交给了自己的孙子。而让 - 保罗·娇兰钟情于卡纷的香根草，在这款香水问世两年之后，他从自己参与设计的友人花园中汲取了灵感：建造花园时，一位抽烟的吉卜赛园丁曾是他的帮手，这位园丁身上的味道混杂着大地以及割过草的气息，一起渗入调香师的衣服中。于是，他经手的第一款伟大香水诞生了。

从最初的几缕香调开始，香水便摇摆于鲜活与阴沉这两个对立面之间，它助长着柠檬味古龙水的香调，让人联想起一块洁净精致的香皂，与此同时，香水的木调与泥土调透出的美妙烟草香也四散开来。香根草，打从一开始便已就位，几个小时过去后，它更是大显神通，在肌肤与衣服上留下一股持久的气味，粉调与辛香调则用温柔将其包裹。香水保留了自己纯白、洁净又治愈的本色，同时，掺杂的松绿与棕褐色调又将我们浸在朦胧黑暗之中。

如果将香根草比作衣服，那么它一定是件粗呢外套。如果是巴黎的一个区呢？那肯定是圣叙尔皮斯教堂与卢森堡公园间的某个地方。一份套餐呢？奶酪舒芙蕾，白汁小牛肉配上朗姆巴巴蛋糕。香根草是一款小资香氛，有着高傲之姿、优雅风韵以及不凡气度，但它同时也生性正直、谦逊并且颇有教养。一款真正烙有个人色彩的香水，我们在年轻时便认定它，长此以往地使用它，甚至也许一辈子都无法将它舍弃。香水是它原料的代言人，无人能与之匹敌，尽管自诞生以来它的配方经历过改头换面，但它仍然是人们无法回避的典范。（让娜·多雷）

他们曾用过：
西班牙国王胡安·卡洛斯
汤姆·克鲁斯
安迪·加西亚
保罗·麦卡锡
阿诺德·施瓦辛格

香根草　　　　香根草　　　　墨恋
卡纷　　　　　娇兰　　　　　莱俪

P. 215

| 品牌：
爱马仕
Hermès | 调香师：
盖伊·罗贝尔
Guy Robert | 问世时间：
1961 | 类型：
淡香水
香精
丝柔版香精 |

侧面

正面

顶部

标志

驿马车 CALÈCHE

至纯之醛。 19世纪初，作为马笼头和马具制造商，爱马仕先生精于马具生产，之后，伴随着汽车的出现，他又投身于箱包制作。一步步迈入奢侈品殿堂的他想要调制出一款能够反映品牌价值的奢华女性香水。驿马车这个名字彰显了爱马仕的优雅，也反映出它的专长，同时还完美吻合品牌世代传承的价值。此外，与当时大多数法国奢侈品大牌一样，爱马仕同样选择了醛香花香调向香水界进军。

现在，让我们将目光转向1960年代，香奈儿五号的花香皮革醛结构尽管在当时还没有过气，但相较于30年前，它已不再让人有耳目一新的感觉。因此，盖伊·罗贝尔决心通过挖掘醛香调更多的闪光之处与亮点，将其发扬光大。他选取了当时还不太常见的芳香调、绿色调以及柑橘调用来辅佐醛香，它们的天然感立刻与醛的人工感与金属性形成鲜明对比。接踵而至的是传统的花香中调，但在充满创意的前调的对比下，它立刻显得有些失色。诚然，玫瑰与茉莉构建的经典结构有着难以言喻的别致感，但若论起对品牌精神的凸显力，那还是鸢尾更胜一筹。它所呈现出的那种如干燥紫罗兰般的木质感，将香水逐渐引入精致的西普尾调之中。橡木苔默默无闻，衬托着香根草与檀香带来的木调，这股香调将前调的韵味一直延续到尾声。

驿马车完美展现了醛香花香调的变化过程，同时它也是此类型中最出色的代表之一。通过唤醒人们记忆中的初代醛香带来的惊艳感，香水宣告着醛香型中从此诞生了一股更富绿意同时也更具先锋性的风潮，这股风潮从20世纪60年代一直席卷到80年代。驿马车不仅仅只是一道优雅小资的香味印记，更是一串让人目不暇接的美妙连锁反应。（亚力克西·图布朗）

她们曾用过：
英国安妮公主
伊丽莎白·泰勒

罗莎夫人 —— 驿马车 —— 左岸
爱马仕 圣罗兰
P. 95

品牌：	调香师：	问世时间：	类型：
科颜氏 Kiehl's	未知	1963	淡香水

侧面

正面

顶部

标志

Kiehl's
SINCE 1851

原创麝香 ORIGINAL MUSK

破碎的白。以现代麝香为原料的香水，数不胜数。每一款之间都有着细枝末节的差别，它们各有千秋，但都怀抱着一个共同的追求：教会大众感知麝香，接受属于他们的麝香，有时，这些麝香会有些羞怯以至于难以被人们察觉。

作为香水，科颜氏这件作品的味道转瞬即逝，让人摸不清、看不透。佳乐麝香、大环麝香以及麝香烯酮：这三种麝香的气味往往多日不散，但它们牢牢吸附在肌肤上，迷惑了人们的感官。当香味飘来，你能分得清那究竟是身体的味道还是某种香水的气息吗？为了使香味分明，主角麝香被经典花香调（些许玫瑰调，点缀着几抹透明花朵）团簇在中央，气味显得愈发圆润、更为繁复。然而，原创麝香绝不仅仅是一件"洁白"、干净的作品。诚然，它能让人们联想起洗净的衣物，但其中又多了一份野性的肉欲感，肉桂以及少许广藿香构成的热香调更是为其添砖加瓦。科颜氏的麝香之所以很强大，原因在于它呈现出无懈可击的平衡性，一边是人们脑海中的那件杀完菌的干净白T恤，另一边是原始麝香调带来的如笼中野兽般的错觉。原创麝香将猫科动物们驯服，唯独留下它们泛着金光的浓密皮毛，这些皮毛气味依旧浓烈，保留了动物的特性，但是其中那股恼人的粪便味不见了。

原始麝香的动物感，白麝香的洁净感——近年来还常被用于洗涤用品，两种麝香的平衡造就了香水的别具一格。原创麝香就像人们的第二层肌肤，它用如冬季呢绒毯般的惬意舒适将人们裹住，悄悄拉近了彼此间的距离。（亚力克西·图布朗）

她们曾用过：
查理兹·塞隆
娜奥米·沃茨

原创麝香 ………………… 白麝香 ………………… 清色麝香
科颜氏　　　　　　　　　美体小铺　　　　　　　　芦丹氏

品牌： **法贝热** Fabergé	调香师： **卡尔·曼** Karl Mann **欧内斯特·希夫坦** Ernest Shiftan
问世时间： 1964	类型： **淡香水**

侧面

正面

顶部

标志

BRUT

香槟 BRUT

胡须剃罢。1882 年，霍比格恩特在皇家馥香中首创馥奇香调，它融合了薰衣草、天竺葵以及香豆素，不过一直到 20 世纪中叶，该香调还尚未成为剃须露以及男香中不可或缺的灵魂，但这一天近在眼前，终于，在 70、80 年代——迪斯科的全盛期，它迎来了属于自己的高光时刻。

1960 年代初，大名鼎鼎的法贝热——俄国沙皇御用珠宝品牌，推出了一款小范围流通的香水，在当时那个还是女香天下的时代，这款真正意义上的男香开创了一种前所未有的新形式。香槟受到丹娜独木舟的启发，后者是一款粉感馥奇调香水，问世时定位的顾客群体是女性，后又逐渐为男士所用。

香水的广告语明确表达了自己的目标受众："香槟，男士的香精"，通过唤醒男性的阳刚之气并激发他们对自身魅力的充分自信，香水力求凸显绝对的男人味。

1970 年代，香槟又暂以 33 号香槟之名正式入驻欧洲与美国的大卖场，如今它仍然稳居超市中淡香水、须后水以及除味香水柜台的销量冠军，地位不可匹敌。如何描绘香槟的气味呢？首先，它的这份能量、这股威力来源于一个整体，一个浸润在薰衣草香、天竺葵香还有罗勒茴香调中的整体，其中罗勒还散发出一股充满皂感的干净味道。随后，香豆素与香草营造出一种粉感绵密的温暖气息，它们带着柔情与慰藉闯了进来，并迅速占领了整片空间，香味在肌肤上留下独有的印记，既寡淡又独特，既平庸又卓越，既直接又繁复。香槟总带给我感动，无论是清晨在精心打扮的外公身上闻到它，还是夜晚在一位长着青春痘、穿着运动衫的男孩身上与之邂逅，因为它展现出香水中所有相悖的美：既质朴静默又显眼张扬。（让娜 · 多雷）

他们曾用过：
阿诺德 · 施瓦辛格
乔恩 · 邦 · 乔维
埃尔维斯 · 普雷斯利

独木舟 .... 香槟 .... 裸男
丹娜　　　　　　 法贝热　　　　　 让 – 保罗 · 高缇耶
　　　　　　　　　　　　　　　　 P.159

品牌：	调香师：	问世时间：	类型：
娇兰	让－保罗·娇兰	1965	淡香水
Guerlain	Jean-Paul Guerlain		香水

侧面

正面

顶部

标志

GUERLAIN

满堂红 HABIT ROUGE

高傲的骑兵。 满堂红是娇兰出品的著名男香，几代男性都不约而同地选择它、认定它并钟情于它，它同时也是他们的一生之香。人们称它为一千零一夜之子。的确，两者拥有高度相似性，并且满堂红还沿用了这位长辈的气味曲线。不过，香水中的鸢尾、玫瑰与树脂香调又使它机缘巧合般地与娇兰在四年后推出的爱之鼓也建立起联系。去吧，大胆地说出心里话：满堂红毋庸置疑就是现代最美男香之一。尽管已经闻过千百遍，我们还是可以不断地重新探索它。这就是那些难以捉摸的伟大香水之间的共同特性。满堂红结构复杂、变化无常，并且呈渐进式发展。起初，它是一股刺激、舒活的清新柑橘香，一杯持久的橘香鸡尾酒，辅以浓郁的花香，花朵中的玫瑰与天竺葵沾着微微的果香。随后，鸢尾充满粉感的气息飘向远方，树脂、木头、皮革与香草的气味与之一同前行，这些随行者和鸢尾四处漂泊，但从未喧兵夺主或是掉队离开。这瓶大方慷慨的香水展现出威力、魅力与刚毅。它的香气令人魂牵梦萦，高贵典雅又兼具双性魅力，风采堪称惊天动地。满堂红能够使眼神被神秘萦绕，让气度、步履、举手投足都在一方天地间展露高贵。在男香宇宙中，它的光芒于我而言是独一份。满堂红代表的形象不是资产阶级家庭中脚蹬呢格纹拖鞋的好爸爸。20世纪初的花花公子更能体现它的风格，它有着高贵骑兵般的气度，香水也确实从骑士世界中汲取了灵感。它无可替代，尤其是当人们想要弄明白什么是香水中真正的演进结构（前调，中调，尾调）时。满堂红淡香水版本受人偏爱，因为它更能完整地展现出这一杰作细微之处的丰富。（约翰·塞尔维）

他们曾用过：
亚历克·鲍德温
基思·理查兹
安德烈王子
理查·基尔
罗伯特·雷德福
肖恩·康纳利
托尼·布莱尔

一千零一夜 ········· 满堂红 ········· 纽约极致
娇兰　　　　　　娇兰　　　　　　尼古莱之香
P. 39　　　　　　　　　　　　　　P. 245

品牌：	调香师：	问世时间：	类型：
迪奥 Christian Dior	埃德蒙·鲁德尼茨卡 Edmond Roudnitska	1966	淡香水

侧面

正面

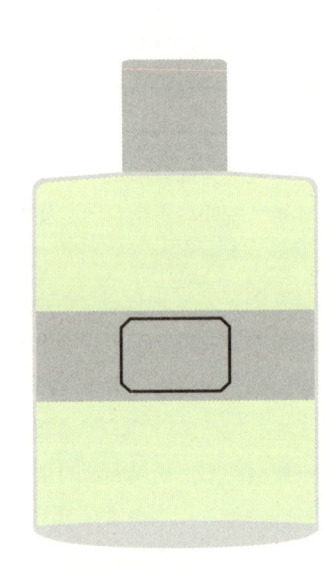

顶部

标志

Dior

清新之水 EAU SAUVAGE

新类型。清新之水已年逾六十，由于受到了更年富力强的新香水的冲击，它近期刚从法国香水销量冠军的宝座上退位。不过，它还是常年在最畅销男士香水以及最受女性欢迎香水两大排行榜上稳居榜首——中性的名字使女士们也不会对它望而却步。

如果说我们感觉自己不常在大街上闻到清新之水的味道，那很可能是因为它扩香时既克制又谨慎，只会让人在亲密范围内将其捕获。不过一旦循着香味察觉到它的存在，那么我们便能立刻确定它的身份，毋庸置疑，只会是它，它闻起来像一位刚刚剃完胡子的时髦绅士身上散发出的肥皂水以及疗愈古龙水的味道。在我看来，使用这款香水的男士身体里大多住着一位"规矩"的男孩，聪慧睿智、文质彬彬并且颇有教养。香水的优雅似乎渗入了他们的性格。是不是也可以认为是香水展露出的优雅吸引了那些与之气味相投的人呢？

埃德蒙·鲁德尼茨卡创作的香水配方不仅短，还异乎寻常的简洁，但对于当时而言，它的严密度与精准度还是十分惊人与新颖的。最初，它是一款古龙水，继承了与干净和清洁密不可分的香味文化，通过香柠檬、橙叶、柠檬的味道体现出来。与柑橘香交相呼应的，是几缕芳香调：罗勒与它特有的茴香调，以及迷迭香和薰衣草。如果缺少了广藿香和橡木苔构成的西普香，以及让人联想起潮湿的林下灌木丛的香根草木调，香水的美也不会如此独具一格。

二氢茉莉酮酸甲酯（希蒂鸢）——这种提取自茉莉的化学分子在清新之水中初次亮相，人们也通常将香水的成功归结于它的存在，但实际上，它不过只是强化并丰富了香水的构成，没有它也许并不妨碍清新之水成为一件艺术品。（让娜·多雷）

银幕流芳：
在哈维尔·多兰执导的影片《妈咪》(2014) 中，女主角黛安娜（安妮·杜尔瓦勒饰）告诉别人自己用的香水是清新之水。

他们曾用过：
安东尼奥·班德拉斯
克劳迪娅·希弗
安迪·沃霍尔
罗尔纳·吉罗多
米歇尔·德鲁克

清净之水 .... 清新之水 .... 男士香水
迪奥 迪奥 阿玛尼

品牌： 兰蔻 Lancôme	调香师： 罗贝尔·戈农 Robert Gonnon	问世时间： 1969	类型： 淡香水

侧面

正面

顶部

标志

LANCÔME
PARIS

绿逸 O DE LANCÔME

水绿。当想起兰蔻的绿逸，人们脑海中便情不自禁地浮现出一摊溅起的夏日古龙水，它中性又清爽，有着绿莹莹且澄澈的色彩，勾画出大片水域的景象，水边还有一群身着白色比基尼的少女，20 世纪 70 年代在它的香味中留下了太多痕迹。

如今再回味它的味道，人们会惊异地发现，撇开橘香四溢但转瞬即逝的前调，绿逸归根结底是一瓶实实在在的西普调香水。为了不让女性盲目跟风男士西普调古龙水，比如早问世三年的清新之水，绿逸在某种程度上而言开创了 70 年代女香界的风潮，该风潮探寻着一个更加绿意盎然、繁复精密的西普世界，从罗莎之水（1970）到水晶恋（1974），以及二者之间的迪奥蕾拉（1972）。

尽管接连经历了几次重新配方，但香水的风格几乎未受影响，广藿香一直驻守其中，它那近似苔藓的香调散发出大地的味道，既复古又怀旧。它让我想起萨拉·莫恩拍摄的那些带点朦胧感的相片，照片中的少女们在田野中摆好造型，身上的白色大摆裙随风飘扬。香水的灵感来源于 1900 年代，有着既浪漫又不真切的美，尽管精雕细琢，却还是显得略微散漫随意，看似摆脱了矫揉造作，实则又经过了精心设计。

似乎，香水的古龙水前调以及前调中柠檬、橘子与罗勒的质朴味道是为了刻画这种对自然、对伪简洁的渴望，那么它的西普调结构又在不经意间唤醒了这瓶总被人们遗忘的香水中那充满女人味的、优雅的、微微透出性感的一面，也许是无心插柳，抑或是顺其自然，无论如何，香水还是带着自己永恒的华贵气质跨越了一年又一年。（让娜·多雷）

清新之水 　　　　　绿逸 　　　　　罗莎之水
迪奥　　　　　　　　　　　　　　　　罗莎
P. 81　　　　　　　　　　　　　　　　P. 89

品牌： 娇兰 Guerlain	调香师： 让－保罗·娇兰 Jean-Paul Guerlain	问世时间： 1969	类型： 香精 淡香水

侧面

正面

顶部

标志

GUERLAIN

爱之鼓 CHAMADE

萌动的心。 爱之鼓的灵感来源于弗朗索瓦·萨冈的同名小说[1]，小说刻画了一位如鸟儿般自由的少女，她的心摇摆于两位情人之间，一边是成熟年长并能为她提供优渥物质条件的爱人，另一边则是带给她激情却一穷二白的年轻情人。

不过必须承认的是，相较于"迷人的小魔鬼"[2]笔下的这个故事，香水爱之鼓则显得老派得多。1968 年五月风暴过去一年后，爱之鼓诞生了，它似乎吹来一阵保守之风，试图延续一段即将逝去的时光。是的，爱之鼓是一款彻头彻尾的资产阶级香水，它身着貂皮大衣，佩戴三股珍珠项链。但这是个值得诟病的缺点吗？绝不是！因为只有美才是最重要的，而爱之鼓很美，它的美永无止境。

然而，人们通常认为它与 20 世纪 60 年代末的新现代主义相伴而生。确实，香水的创新之处在于它首次将一种经过精心调配而得的香调引入香水界中，这种香调的主角是黑加仑嫩芽，它青翠逼人、果香四溢还透出硫磺味。不过，让-保罗·娇兰并没有刻意强化这种香调，反而将它与风信子的绿意和清冷结合起来，营造出一种纯净无暇的效果。但此时，香水中出现一道断层。香水中调格外经典、浓郁，一捧茉莉、依兰花与玫瑰的花束在其中绚烂绽放，透出一股混合着醛香、皂香与粉末感的味道。中调连接起两种香调，一边是绿色调——它是即将到来的 70 年代的标志性香调，另一边则是柔和绵密的琥珀尾调（香草、安息香、檀香、香根草），它的味道饱满且繁复，香气绵延不绝、明艳动人，如同印着彩虹光芒的白云。爱之鼓是不同香调、风格与效果堆叠而成的产物，是一件存在于想象中的高级连衣裙，无数的塔夫绸与饰带几乎要将这件连衣裙压垮。

爱之鼓是一瓶惊天动地的香水，人们很难将它驯服：我们仰慕它、崇拜它，但同时心里也很清楚自己永远无法完全读懂它。正是这样的它才显得如此迷人。（约翰·塞尔维）

她们曾用过：
奥黛丽·赫本
格蕾丝·凯利
凯瑟琳·德纳芙
格伦·克洛斯

1 小说原名 *Chamade*，与娇兰 Chamade 香水同名，香水被译为爱之鼓，小说的中文译名为《狂乱》。

2 弗朗索瓦·萨冈的昵称。

一千零一夜 ············· 爱之鼓 ············· 致爱
娇兰   娇兰   安霓可·古特尔
P. 39

1970
↓

自由之风

↓
1979

1970—1979. 广告占领更大空间，许多"生活风尚"香水应运而生，它们与当时的社会运动同步，比如女权主义运动。一些成衣品牌以及部分设计师开始推出香水。醛香花香调的风潮仍未退去，不过绿色花香调与西普花香调似乎更受追捧，后两者传递出一种时髦风格，但更加慵懒随性，少了矫揉造作之气。在这十年的尾声，东方调香水又卷土重来，以圣罗兰的鸦片为首，鸦片也为1980年代的香水大趋势定了调。至于男性，他们开始寻求更强劲、更标新立异且更有"男人味"的香水，馥奇调与西普调的香水因此大受欢迎。

| 品牌：
罗莎
Rochas | 调香师：
尼古拉斯·马穆纳斯
Nicolas Mamounas | 问世时间：
1970 | 类型：
淡香水 |

侧面	正面
顶部	标志

EAU DE ROCHAS

罗莎之水 EAU DE ROCHAS

清凉之巅。尽管行家们公认罗莎女士是罗莎最伟大的一款香水,但是诞生于 1970 年的罗莎之水似乎俘获了更多消费者的芳心。毋庸置疑,它是品牌最为人熟知也最畅销的香水,每年,当夏季来临,它都荣登销量榜首。为什么它拥有如此长盛不衰的魅力?因为它"复杂又简单",的确如此,也因为它蓬勃的清新朝气,当然,还因为它的独特。在清新的西普调香水中,罗莎之水堪称独具一格。海洋感的香水能让人联想起海岸与浪花、绿色西普调则对应着乡村,而我将罗莎之水视作山野间的一缕清凉之香。因为它能让人想到一汪泉水,水流从瀑布之中飞溅而出,在岩石上摔得粉身碎骨,缓缓淌过溪涧里的鹅卵石。正是这澄澈又具有矿物感的特质使得香水如此与众不同,也正因如此,香水在 1983 年前一直被冠以岩石之水的名字。每当气温超过 30 摄氏度,能完完全全吸引我的香水便所剩无几,罗莎之水是其中之一,即使当人们的身体已经被炎炎烈日炙烤凌虐,它也始终坚持展现自己最美的一面。西普调香水通常结构简单,但它们脆弱又微妙的平衡总是难以抵御配方的改变。在品牌被国际香水集团收购后,罗莎之水也经历了重新配方,幸而,新配方风采依旧:它为我们带来更加完美张扬的花香中调,还增添了含羞草那近乎毛茸茸的质感。至于香水天然的魅力和质朴的特性,它们则一如既往地让人不设防。(约翰·塞尔维)

清净之水 .... 罗莎之水 .... 南方之水
迪奥 罗莎 安霓可·古特尔
P. 165

| 品牌：
香奈儿
Chanel | 调香师：
亨利·罗贝尔
Henri Robert | 问世时间：
1971 | 类型：
香精
香水
淡香水 |

侧面 | 正面

顶部 | 标志

19号 N°19

鸢尾服。经历了一段漫长的沉寂,香奈儿终于推出 19 号香水,彼时,可可·香奈儿女士刚刚宣布暂时退出高级时装界。尽管香奈儿女士担心声名远扬的 5 号香水会因此被"干掉",但她最终还是决定推出这瓶以自己的出生日期 8 月 19 号命名的新款香水。也许是对死亡的预感,抑或是日历上不幸的巧合,在香水面世后不久,可可·香奈儿女士便香消玉殒。

作为香奈儿女士生前最后一件气味创作,这款绿色粉感花香调香水由调香师亨利·罗贝尔完成调制。它是冲动与冒险的产物,尤其当我们了解了香水的前辈绿风的脾性(它的绿色香调更加激进而且也更具攻击性)。但这瓶香水中没有一丝狂野的痕迹,一切都是那么平衡、优雅且卓越。寻根溯源,一切都得益于与白松香中绿色泥土调相伴的鸢尾,它是一株高傲的花朵,有着粉感的干燥香调,但经过调香师的处理,这朵花被赋予一抹温柔以及一份难以企及的优雅。

为了驾驭住这两种平静如水的原料,人们首先想到了香奈儿小姐的看家宝:醛,它能为香水带来明媚的色彩与适度的奔放。玫瑰、茉莉与依兰的花香悄悄潜入中调,人们总能在其中嗅出几丝绿意,似乎是铃兰或忍冬的香气。这份天然感不经意间将我们带入清晰的木质尾调中,它包裹着一根飘摇的香根草。澄澈透明,这场香味之旅在西普调布景中落幕,雪松与橡木苔让绿色鸢尾调蜿蜒曲折的香味更加悠远流长。

19 号垂垂老矣,它的香味魅力不仅归功于它的结构,同时还得益于香水原料难以企及的高品质,如今这些原料仍得以沿用,连配比都不曾改变。正是它们为香水烙下气味印记,造就了它的简单大方以及难以复刻的优雅。(亚力克西·图布朗)

她们曾用过：
凯瑟琳·德纳芙
苏珊·萨兰登
伊莎贝尔·阿佳妮
玛蒂尔达·梅

绿风	19 号	精美时刻
巴尔曼	香奈儿	安霓可·古特尔
P. 55		

品牌：	调香师：	问世时间：	类型：
回忆	莫里斯·索齐奥	1971	淡香水
Reminiscence	Maurice Sozio		

侧面

正面

顶部

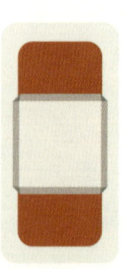

标志

Patchouli

广藿香 PATCHOULI

森林音乐节。如果说回忆的广藿香是一款香氛（特指名为广藿香的这款香水），它同时也是一种制香原材料（作为广义的广藿香），它时而惹人喜爱，但通常则是遭人嫌弃。不管出于什么原因，广藿香都几乎称得上臭名昭著。然而，尽管人们对它恶评如潮，但香水从未真正成为过去时。

这种起源于印度尼西亚的原料曾是不少香水中的主角（从1970年代的芳香不老药和绅士，一直到20年后的天使），但早在这些香水问世前，回忆就赋予广藿香近乎"一枝独秀"的地位，借此来表达对这种原料的敬意，它为自己品牌的首款同时也是最具代表性的一款香水冠以广藿香之名。

一股酒精味打头阵，出人意料却并不令人生厌。突然，这股甜烧酒味中闯入了一抹张扬的木质调，它绵延直至尾声，散发出原料固有的那股霉味。不必急着逃开：广藿香和它那身泥土味与干燥的雪松和谐共处，香水就这样巧妙地融合了所有的极端元素。干燥又柔和的香根草与檀香木延续了木香。前调中的干燥感悠远绵长，终于追赶上了一股略带烟味的香调，初始时的霉味缓慢却又决然地退去。尾调，既繁复又宜人，其中的琥珀香温润可口，香膏噼啪作响，麝香纯净灵动，它们一同冲着东方香调眨了眨眼。

如今，广藿香被不断地分解、再分解，人们力图消灭它身上最不讨喜的那些特质，而回忆的广藿香逐渐成为它所致敬的这种原料的代言人。最终，它不再是一款简单的单香调香水，在我们面前的是一幅动人的肖像画，画中的主角有着近乎人类的双面性。（托马斯·多曼格）

她们曾用过：
朱莉·皮特里
凯蒂·格塔

青春朝露　　　　　　　广藿香　　　　　　　天使
雅诗·兰黛　　　　　　　回忆　　　　　　　　蒂埃里·穆勒
P. 65　　　　　　　　　　　　　　　　　　　　　P. 153

品牌： 圣罗兰 Yves Saint Laurent	调香师： 米歇尔·海伊 Michel Hy 贾克·波巨 Jacques Polge

问世时间：
1971

类型：
<u>淡香水</u>

侧面

正面

顶部

标志

rive gauche

左岸 RIVE GAUCHE

白日美人。某天，公交车上，一位银丝如缎的小个子女士从我面前经过，身后留下一团惊艳又雅致的气息。"您身上的香味真好闻。"我随即对她说。"谢谢，"她略带拘谨地回答道，"我都不知道自己身上的味道这么好闻，是圣罗兰的左岸。"这次偶遇明确了我对香水的第一印象：它有魔力，能在不经意间赋予一位默默无闻的娇小老太太以凯瑟琳·德纳芙般的魅力。因为，左岸，它是创作者的缪斯与挚友，是法兰西文化的象征。它同时也是圣罗兰于 1966 年所创的奢侈成衣品牌，是圣叙尔皮斯教堂[1]，是收腰的黑色吸烟装，是脖子上系着的丝巾，是卷吹得一丝不苟的金发。

如果说鸦片代表了 20 世纪 80 年代的女性，她们神采飞扬、特立独行，喜欢慵懒地卧在天鹅绒摇椅上，那么左岸则是蓬皮杜时期资产阶级的缩影：女士们穿着浅口鞋与及膝裙，而裙子下面是吊袜腰带与丝袜。醛在 60、70 年代迎来了属于自己的第二个黄金时代，它重新创造出一系列法则，属于那个具有"时尚风格、优雅风情（Bon chic bon genre）"的香味世界，城市感十足又带有一丝傲慢骄矜。这个香味世界总是游走于抽象的气味地带，醛在其中象征着一片虚幻、飘渺又以科技现代化为导向的领域。在左岸这款香水中，醛带来了一股浓郁的金属调，呈乳白色，用玫瑰与铃兰拼凑成一束花。西普木质尾调，透出一丝中性，它在香根草、橡木苔、檀香、若隐若现的香豆素与粉感的麝香中茕茕独立。巴黎第六区上流社会的作坊与沙龙的气息随着左岸四处飘散，香水摇摆于金属调外表的清冷克制与粉感内核的性感撩人之间。（让娜·多雷）

她们曾用过：
凯瑟琳·赫本
科洛·塞维尼
乔安娜·林莉

1 位于塞纳河左岸。

卡兰德雷 ———— 左岸 ———— 白麻
帕高　　　　　圣罗兰　　　雅诗·兰黛

品牌： 倩碧 Clinique	调香师： 贝尔纳·尚 Bernard Chant	问世时间： 1971	类型： 香精 淡香水

侧面

正面

顶部

标志

芳香不老药 AROMATICS ELIXIR

魔法药水。 芳香不老药是一款完美的香水，独特的印记、夺目的光彩以及馥郁的香气造就了它令人难忘的味道。作为科蒂西普结构的直接继承者，香水中注入玫瑰与广藿香元素，这一组合也成为了香水界永不过时的经典。

香水重现了西普结构中那份神秘的"明暗交织"感，它将所有的光彩聚焦于玫瑰最闪耀动人的一面。洋甘菊精油，层次丰富，散发出干草、水果与花朵的香气；天竺葵香调，更加绿意盎然、光彩照人；在两者的共同作用下，香水愈发肥美，果香与甜烧酒味也分外浓郁。依兰花与铃兰在这股馥郁又极为持久的花香调中掀起一阵涟漪，给予它畅快的呼吸，抽象又朦胧的花香得以凸显自己明媚的光彩。几味辛香调也跑来捣乱，这束花从而变得更加热情洋溢；芫荽与丁香已在悄无声息间安顿好了广藿香，后者的气息一路所向披靡。

丰腴多变，与花香完美平衡，力求在最大程度上展现出自己满满的肉欲与离经叛道，几乎从未有一株广藿香让人如此大跌眼镜。它与橡木苔、檀香以及香根草相互融合，使香水凝练，又给予香水自己的能量以及摄人的光芒：敢于使用芳香不老药的人绝非寻常之辈，它带给人们的刺激初印象不过是一张挡箭牌，为的是掩护这件缀满了奇思妙想的佳作。

芳香不老药的成功似乎永无止境，如今它仍稳居全球最热卖香水的前四十名。这并不足为奇，尤其当我们了解到它曾引发的迷恋后：芳香不老药是件别样又迷人的作品，人们一旦破解它的入门奥秘，就再也无法对它忘怀。（亚力克西·图布朗）

她们曾用过：
阿丽尔·朵巴丝勒
凯特·布兰切特
格伦·克洛斯
伊莎贝尔·阿佳妮

蝴蝶夫人
娇兰
P. 29

芳香不老药
倩碧

尽在不言中
雅诗·兰黛

品牌： 让·巴杜 Jean Patou	调香师： 让·柯莱奥 Jean Kerléo	问世时间： 1972	类型： 香精 香水 淡香水

侧面

正面

顶部

标志

"1000"

1000 *1000*

阳光普照。1930 年，让·巴杜大胆地创作出"世界上最贵的香水"，40 年过去了，他又想再次推出一件能够彰显高雅与奢华的作品。于是，1972 年，最昂贵香水的头衔易主，如一大捧玫瑰、茉莉花束般绚烂的喜悦香水，让位于一款同样也是花香结构但增添了木调与西普调的香水，这两种香调堪称香水界中的名门望族。*1000* 颇有创意地选择了花香西普调，如果说做出这个决定也同时意味着选择了张扬惹眼的奢华，那么香水对于经典的倾心，则无意显摆卖弄，不求任何过度的关注。

香水的前调充满粉感与绿意，但都细微到不易察觉。它周身萦绕着果香，与早于它的西普调大作相比，*1000* 的气味乍一闻甚是隐秘，它在香味中引入了桂花，一种产自中国的花朵。这是桂花在香水界的初露头角，紫罗兰叶子稍稍修饰了它的轮廓，这片绿叶颜色不那么扎眼，让人联想起多汁的黄瓜。叶子中相互对立的土与水被紫罗兰花朵的甜蜜与圆润调和，这朵花还热情地一把拥住玫瑰与茉莉。与紫罗兰相伴的还有干草与花粉，后两者粉粉的干燥感近似于金合欢与含羞草。

尽管这款香水霸气十足，但它也懂得半明半暗的光彩。有了它，我们就拥有一个清新的春日，大自然的气息在沉寂了几个月后悄然重现。广藿香、类似檀香木与香根草的木材、橡木苔，在三者的共同作用下，香水中的几缕光芒才稍稍隐去。

1000 柔情似水、沁人心脾，同时还极具女人味。如今，它依然保留着那份迷人的美，稍显严肃却又不会太过盛气凌人。我们仍能在街头巷尾嗅到它的踪迹，它是一个最深情的拥抱。（亚力克西·图布朗）

她们曾用过：
安杰丽卡·休斯顿
杰奎琳·肯尼迪

我知道什么？
让·巴杜

1000
让·巴杜

拥我入怀
馥马尔
P. 223

| 品牌：
迪奥
Christian Dior | 调香师：
埃德蒙·鲁德尼茨卡
Edmond Roudnitska | 问世时间：
1972 | 类型：
淡香水 |

侧面

正面

顶部

标志

Dior

迪奥蕾拉 DIORELLA

被解放的西普。1972 年，正值绿色西普调的鼎盛期，迪奥向市场推出了迪奥蕾拉，这款香水也在日后成为调香师埃德蒙·鲁德尼茨卡本人的至爱。它是 1968 年后西方资产阶级的缩影，时髦前卫却又洒脱不羁，人们脱掉了过去的西服套装、毛皮外套，穿上了时兴的 polo 衫和牛仔裤。柠檬、香柠檬与罗勒拼凑出一个纯净、经典又活泼的前调。随后，迪奥蕾拉又用优雅孕育出花香中调，茉莉和忍冬是主旋律，其中夹杂着几缕果香（桃子、甜瓜），尾调则转换为更加沉稳并且颇具个性的西普调与木调（橡木苔、香根草）。人们通常将迪奥蕾拉视作迪奥清新之水更添女人味的版本，但这样的说法未免太过简单粗暴，事实上，要想深入理解迪奥蕾拉，我们还应回顾一下迪奥在 1953 年推出的清净之水，这是一款有着茉莉中调和西普尾调的古龙水。迪奥蕾拉的果香与辛香还让我们联想到另一款香水——罗莎女士，但二者在调制方式上截然不同，前者更注重凸显明澈与清新的感觉。迪奥蕾拉是一款工艺绝佳的香水，看似秉持极简主义，但人们在细嗅后又能感受到它气味的复杂与浓郁，兼具清澈与多彩。几只刚熟透的水果为香水增添了几分耐人寻味甚至扰人心绪的气息，但这样的味道又叫人欲罢不能。埃德蒙·鲁德尼茨卡的才华在迪奥蕾拉中展现得淋漓尽致，同时显露的还有他的审美以及他对美好气味的独到感受。抛开一切忸怩作态与拐弯抹角，调香师过滤掉香水中所有无关紧要的元素，正是这份对洁净的执着以及对精华的坚定，促使他最终创作出一件件干净、澄澈、有呼吸的作品。他的作品，从来都不是冰冷的，相反，它们总是那么的虚怀若谷，为人们打开一片充满人情味、生机勃勃、有血有肉的广阔空间。（约翰·塞尔维）

清净之水 ┄┄┄┄┄┄┄ 迪奥蕾拉 ┄┄┄┄┄┄┄ 水晶恋
迪奥　　　　　　　　 迪奥　　　　　　　　 香奈儿

| 品牌：
圣罗兰
Yves Saint Laurent | 调香师：
让－路易·修扎克
Jean-Louis Sieuzac | 问世时间：
1977 | 类型：
香精
香水
淡香水 |

侧面

正面

顶部

标志

OPIUM

鸦片 OPIUM

气味上瘾。 通常情况下，人们一致公认鸦片的出现革新了香水市场，它的名字、瓶身、价格与广告无一不具颠覆性。它开辟了一条通往交流推广新纪元的道路，同时也使得自20世纪40年代起逐渐被法国人遗忘的东方香调重新火了起来。伊夫·圣罗兰想要创作一款能让人们联想到东方的香水，并且他已经在脑中构想出香水瓶的模样：一个拴着小绒球的玻璃瓶，小绒球必须具有东方色彩。皮埃尔·迪南受到印笼的启发，为鸦片设计出香水瓶，这是一种起源于日本的木头盒子，用于存放日本武士的香料、药草以及鸦片。至于气味，圣罗兰则想要一款强劲且香味持久的香水，与一千零一夜一脉相承。

鸦片在气味上大量借鉴了青春朝露。于是，忿忿不平的雅诗·兰黛在随后的1978年赶忙推出朱砂，以此展开反击。若想更好地为鸦片寻根溯源，我们还不能忘记丹娜的禁忌（1932），以及香水中康乃馨与广藿香这一组合。此外，鸦片拥有西普调的典型特征，但又并不完全从属于西普调，因为它还会散发出琥珀香、花香与香料味。香水前调透着柑橘香（中国属）与醛香，其中夹杂着桃与梨的果香，以及零星肉桂的味道。康乃馨，气味辛辣无比，成为了这款香水的主宰者，它栖身于一大捧馥郁芬芳的花束中，内含玫瑰与白花。香膏、树脂、苔藓与香草共同构建出性感丰腴的尾调，海狸香又为尾调增添几分兽性，这股香味似乎久久不愿散去。鸦片的留香时间持久得惊人，这份特性对于盛行于当时的乌烟瘴气的晚会来说再合适不过了。鸦片是一件大作，它为近在眼前的80年代香水界提前奏响序曲。它是一款张扬、霸气又引人注目的香水，这样的评价或许有些夸张，但绝对不失偏颇！这款惊艳之作使圣罗兰的香水在日后声名鹊起。但相比于其他经典香水，鸦片似乎没能很好地经受住重新配方的考验，2009年起发售的淡香水版本与香水版本在瓶身改变的同时，气味也明显寡淡了许多。（约翰·塞尔维）

银幕流芳：
在迈克·米尔斯执导的《二十世纪女人》(2016)中，理发师安妮特·贝宁家中之所以摆放了一瓶鸦片香水，显然与香水自问世之日起就象征的形象有关。这是母子间的一个传承的故事，鸦片充当了两个角色之间的一道隐秘的联系。

他们曾用过：
瑞莉·霍尔
萨尔玛·海耶克
海蒂·克鲁姆
卡琳·洛菲德
安迪·沃霍尔

青春朝露 ———— 鸦片 ———— 朱砂
雅诗·兰黛　　　圣罗兰　　　雅诗·兰黛
P. 65

| 品牌：
拉夫·劳伦
Ralph Lauren | 调香师：
卡洛斯·贝奈姆
Carlos Benaïm | 问世时间：
1978 | 类型：
淡香水 |

侧面

正面

顶部

标志

马球 POLO

皮革松林。 这款香水对品牌与气味世界之间的联系显然经过一番深入思考。马球巧妙地打入了这个被运动员们竞相追捧的美国品牌中。草地割过草的味道，皮革马鞍的味道，甚至是运动员身上的体味：整瓶香水充分围绕着绿色西普调展开，如今看来，它依旧独一无二。

香水勾起的诗情画意般的联想完全归功于广藿香以及木调、烟草味和西普调的妙用，调香师卡洛斯·贝奈姆钟情于大自然这一主题。20 世纪 70 年代盛行的芳香调开启了这瓶香水，艾蒿、薄荷与鼠尾草参与其中，呈现在我们眼前的，是满满的绿意，这一片清新草地还隐隐透出英伦风。一股冲劲奠定了香水的皮革感，人们不禁联想起肌肤，几抹辛香调与舒缓的紫罗兰香使其更加清晰可鉴。一颗清新微咸的榛子延续了微微汗湿的肌肤气息，孜然的到来使这股气息更加浓郁，孜然的分量恰到好处，它散发出谷物香，我们必须承认，它还带来了些许男人味。

尾调是广藿香的天地，它得以全方位展现自己的魅力。香根草与桦树使广藿香中的烟草味愈发浓烈，它的芬芳气息又因为琥珀香的到来而分外馥郁，同时，更具现代感的麝香则强化了广藿香的印记和个性。马球的尾声让人们联想起被烈日晒干的松林、炽热的大地，大地上寸草不生，与香水初始时的那片青草地形成了鲜明的对比！

与同时期其他千篇一律的香水不同，这是一款惊艳之作，如今看来依旧独特，尽管它已逐渐被人们淡忘，这款西普调香水，是献给那些亦正亦邪的男人们的赠礼，它在植物与动物之间架起桥梁。马球也为无数更深沉、更具野性的木调香水埋下伏笔，后者在如今的小众香中颇为流行，它们都带着精雕细琢的西方时髦感，而 70 年代正是以这份时髦感著称。（亚力克西·图布朗）

他们曾用过：
贾斯汀·汀布莱克
威廉王子
50 美分

雅男仕 ……………… 马球 ……………… 绅士
　　　　　　　　　　拉夫·劳伦　　　　　　　　馥马尔

| 品牌：
阿蒂仙之香
L'Artisan parfumeur | 调香师：
让－弗朗索瓦·拉波特
Jean-François Laporte
亨利·索尔萨那
Henri Sorsana | 问世时间：
1978 | 类型：
淡香水 |

侧面

正面

顶部

标志

黑莓缪斯 MÛRE ET MUSC

早熟的果香。问世近40年后,黑莓缪斯依旧是阿蒂仙之香的中流砥柱,当然,它值得人们推崇备至。作为调香师以及阿蒂仙之香的创始人,让-弗朗索瓦·拉波特兑现了自己的承诺,即在当时创造出一款现代感极强、令人惊艳并且颇具创新性的香水。通过摆脱新兴市场的控制并远离仍与时装以及奢侈品挂钩的香水界,黑莓缪斯标志着小众香初现雏形,它力图将焦点重新对准原料、万物以及感觉。一个少了些浮华做作又多了点真情实感的香味世界诞生了。最初,拉波特用几种洁净的现代麝香(佳乐麝香、昆仑麝香)调配出一种强劲混合物,并在其中掺杂了来自黑色水果的几缕香气,它们与合成麝香的果味交相呼应。为了巩固并完成自己的香水,拉波特随后给一位调香师朋友闻了他的试验品,并听取朋友的建议在香水中加入一抹尾调,这种尾调的香味受到迪奥清新之水的启发。

黑莓与麝香相互交融,似乎不分你我,二者通过一种"圆润"、紧凑又磅礴的效果掌控着整瓶香水的大局,让人们几乎全然忘记西普古龙调的存在,这一香调隐秘而静默,但它用沉稳与冷峻架起了香水的结构。

黑莓缪斯一直被视作最早的果香调香水之一,但这实际上有一点名不符实,就好比我们在欣赏一幅由非具象元素组成的抽象画时,突然在最后看到了一件实物或一个真人。

1993年,由卡琳娜·迪布勒伊调制的另一版本的黑莓缪斯强化了黑加仑的味道,香水因此变得更加暗黑、更加浓郁也更加深邃。(让娜·多雷)

她们曾用过:
维多利亚·阿布来尔
凯特·布兰切特

清新之水 .... 黑莓缪斯 .... 紫水晶
迪奥　　　　　　阿蒂仙之香　　　　莱俪
P. 81

| 品牌：
爱马仕
Hermès | 调香师：
弗朗索瓦·卡朗
Françoise Caron | 问世时间：
1979 | 类型：
古龙水
淡香水（浓缩版） |

侧面	正面

顶部	标志

橘绿之泉 EAU D'ORANGE VERTE

漂亮的橘子皮。1979 年，橘绿之泉（1998 年前名为爱马仕古龙水）问世，它走上了与流行背道而驰的道路，当时这股极致的东方新风潮由圣罗兰的鸦片开启，并即将在 20 世纪 80 年代席卷整个法兰西。而橘绿之泉的剑走偏锋从某种程度上确保了它在日后不会被时代轻易淘汰。它的出现似乎是这个鼎鼎有名的马具制造品牌对迪奥清新之水（1966）的回击，并且很快就成为了女性使用最多的男香。

这是件清新逼人又不失古典韵味的佳作，带给人们神清气爽的感觉，它还集合了不止一种香味类别。我们可以在前调中嗅出明显的古龙水痕迹（香柠檬、橙叶、柠檬、橘子），其中掺杂着一丝显著的薄荷芳香。透过果叶的脆绿与果皮的酸涩，橘子的面纱被慢慢揭开。含苞欲放的白色花朵（铃兰、橙花、忍冬）也悄悄露出面庞。整瓶香水浸润在精致的尾调之中，交织着西普香与木香的尾调延续了愉悦的氛围，人们多么希望这样的欢乐永无止境呀！但可惜，它的香味转瞬即逝，人们只得在白天多喷上几回。它还是一款绝佳的运动型香水，人们喜欢在运动过后喷上一点。这一缕清风，总是那么恰到好处、无可挑剔，山野间、大海中、盛夏里、隆冬时，一如既往。我们可以将橘绿之泉称作一瓶"好心肠"的香水，40 年来，它始终满怀优雅、朴实与真挚，四处播撒着自己的快乐。

2004 年，橘绿之泉又更新了这份快乐，木质尾调格外凸显，香豆素的气息也更加浓郁。自此，通过将前卫的视角与少许幽默感投向这一极为经典与系统化的气味类别中，爱马仕"古龙水"系列的队伍愈发壮大。（约翰·塞尔维）

清新之水 ········· 橘绿之泉 ········· 哈德良之水
迪奥　　　　　　爱马仕　　　　　　安霓可·古特尔
P. 81

品牌：	调香师：	问世时间：	类型：
娇兰 Guerlain	让-保罗·娇兰 Jean-Paul Guerlain	1979	香水

侧面 正面

顶部 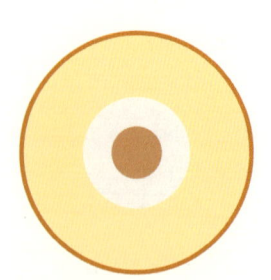 标志

娜希玛 NAHEMA

玫瑰梅尔芭。尽管集合了神仙品牌娇兰的所有闪光点，但橱窗中的它常常被人们忽视：它就是娜希玛，香水名来源于一个东方英雄传说，故事中的公主迫切地想要知晓自己的未来。让-保罗·娇兰曾表示自己受到凯瑟琳·德纳芙在米歇尔·德维尔执导的影片《童男日记》（1968）中所饰角色的启发，同时，拉威尔的《波莱罗舞曲》中渐强的跳脱旋律也给了他灵感。

诞生于 20 世纪 70 年代末的娜希玛是当时市场上罕见的玫瑰香水之一，它敢于将玫瑰元素运用到极致，同时又为其搭配了浓墨重彩的果香调。这一株看似纯天然的玫瑰，实际上暗藏数不尽的小心机（它是最早使用大马酮的香水之一），为的就是完美再现一株真玫瑰蕴含的全部气味惊喜。最初的果香调，如蜜桃一般，毛茸茸的，让人们不禁联想起杏仁与樱桃的味道，渐渐地，它转化为粉末感十足的尾调，沐浴在香草与香豆素的气息之中。问世那年，香水前调中的绿色调和醛香调也许会催生出太多联想，但它存在的最大意义还是为了让人们体验到植物的颤动与"新鲜割断"的美妙草本气息。香脂调压轴登场，它似一滴烛蜡，包裹住了香水，用温柔的暖意将其浸泡。娜希玛是一件纯粹的珍宝，兼具戏剧性和威严感，它也是一朵货真价实的玫瑰，也许称得上市场中最美的一株。可惜的是，香水销量不佳，但这丝毫动摇不了它在业内的地位，如今它更是成为了香水界的范本。或许它出现得太早了，又或许太晚了。不管怎么说，人们都没有理由拒绝它。令人遗憾的是，娜希玛的香精版在近年停产，它的美恐难再现。（约翰·塞尔维/让娜·多雷）

银幕流芳：
在克劳德·米勒执导的影片《审判》（1981）中，罗密·施耐德扮演的米歇尔·塞鲁特妻子与她的嫂子挑出了那些她们不中意的圣诞礼物。其中就有一大瓶娜希玛香水。

她们曾用过：
西格妮·韦弗
麦当娜

爱之鼓　　　娜希玛　　　红衣女郎
娇兰　　　　娇兰　　　　罗莎
P. 85

1980
↓

市场
主宰

↓
1989

1980—1989. 这十年是受制于市场的崭新十年，香水配方重又回归强劲与奔放的风格，反叛与馥郁则是绕不开的主旋律。香水中的经典香型都纷纷被推向登峰造极，不少狂放不羁的作品就此诞生。

无论印入脑海的是毒药、露露还是激情，这些香水都不会让我们无动于衷。女香与男香之间越来越泾渭分明，甚至是针锋相对，女士钟爱辛辣的东方调与醉人的白花香，而男士则偏好阳刚的馥奇调。

搭上这十年末班车的香水温和了许多，它们宣告着即将回归平静的 20 世纪 90 年代的到来。

品牌：	调香师：	问世时间：	类型：
芝恩布莎 Jean-Charles Brosseau	弗朗索瓦·卡朗 Françoise Caron	1981	淡香水 香精 香水

侧面

正面

顶部

标志

OMBRE
ROSE
L'ORIGINAL

玫瑰之影 OMBRE ROSE

巨型粉扑。 玫瑰之影是一台气味时光机。谁都不敢相信它竟然和乔治以及唯我在同一年诞生,甚至比毒药还年长近4岁。1981年,帽商让-夏尔·布罗索打算推出自己品牌的第一款香水,一件古代艺术装饰瓶给了他灵感,他决定采用罗尔公司(今天的奇华顿公司)提供的配方,彼时,该配方刚刚被圣罗兰拒之门外。

粉感的特质与怀旧的审美使玫瑰之影乍看下像一件出自1930年代的作品。尽管它并没有很畅销,但还是收获了一批死忠粉,这完全得益于口耳相传的力量,此外,它还对许多其他商品产生了深远的影响。这就是为什么我们能在别的商品中看到玫瑰之影的痕迹,比如小马赛人牌牛奶沐浴露以及数不清的香皂、润肤霜、润肤乳等。此外,一些热销香水似乎也受到了它的启发,比如兰蔻的璀璨,以及高田贤三的一枝花。

香水最初的配方围绕某种脂粉味极浓的香调展开,这种香味基底由罗尔公司所创,原料包括麝香、香草、天芥菜以及檀香,我们在帕高的卡兰德雷中也能发现它的存在。复古中调里最先迎来了几味纯净的乙醇,一束鲜花随后驾到,里面有玫瑰、鸢尾、紫罗兰与铃兰,香水的尾调浸润在香豆素的气息中。玫瑰之影让人们联想起蜜粉、玫瑰香皂还有婴儿爽身粉:三种元素完美融合,展现出绝佳的平衡,带给人们疗愈的感觉,它总跟不上潮流的脚步却又是不会被淘汰的永恒经典。

喷上玫瑰之影,你就踏上了一段美妙又闲适的旅途。它是一款闪耀着母性光辉的香水,为人们送去母亲般的关怀,又温柔如一枚巨型粉扑,沾着玫瑰、麝香以及香草味的脂粉轻柔地抚摸着你,这团香粉好似婴儿的肌肤,柔嫩之余还充满绒毛感。(让娜·多雷)

她曾用过:
南希·里根

卡兰德雷
帕高

玫瑰之影
芝恩布莎

璀璨
兰蔻
P. 145

品牌：	调香师：	问世时间：	类型：
圣罗兰 Yves Saint Laurent	皮埃尔·波顿 Pierre Bourdon	1981	淡香水

侧面

正面

顶部

标志

KOUROS

科诺诗 KOUROS

床单里的味道。传闻在创作科诺诗的过程中,圣罗兰曾要求调香师们尽量还原那股"欢爱后的床单味"。

作为卡门情人的同类型香水,科诺诗比黑色达卡抢先一步问世,它是一款不折不扣的馥奇调香水,阳刚气十足,完美刻画了 20 世纪 80 年代的香味大趋势:"大男子主义香水",这一类型不容许任何对用香者性别的置疑。但科诺诗的与众不同之处在于它散发出的那股兽性的、野蛮的甚至类似于粪便的味道。尽管香水前调透着清新,含羞带臊地试图掩饰住这股气味,但它还是一出现便露出了马脚。这股味道来源于调香师们经常使用的一种基调,名为"动物香",通常是从麝猫、皮毛以及乳香中散发出的动物味道,此外还有闭鞘姜,它的野性气息也格外明显。热辣的香料(芫荽、桂皮、丁香)、木头(香根草、广藿香)以及琥珀调用它们的甜情蜜意封锁住先前那股阴暗的野味。

不过,这股动物香打从一开始便棋逢对手,与之狭路相逢的是由薰衣草、桉树、天竺葵以及香柠檬组合而成的干净香调,即大名鼎鼎的馥奇调,它让人们联想到肥皂与洗衣粉的味道。它与香水的野性相抗衡,完全不甘示弱。顷刻间,我们到达了目的地,那里有一间房、一张床、干净的床单、汗津津的身体,它们纠缠着、沉睡着。

尽管圣罗兰从未明确表态这张床上到底是一男一女,还是两位男士,但他的心思还是被皮埃尔·波顿猜中,于是,波顿的香水最终中选。(让娜·多雷)

卡门情人 ············· 科诺诗 ············· 蓝血
阿莎罗   圣罗兰   乐加·利恩

品牌： 比华利山 Giorgio Beverly Hills	调香师： 弗朗西斯·卡迈尔 Francis Camail 哈利·卡特勒 Harry Cutler	问世时间： 1981	类型： 淡香水

侧面

正面

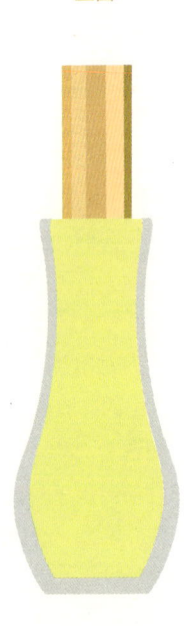

顶部

标志

乔治 GIORGIO

西海岸。啊，乔治！世上没有其他任何一款香水能够像它一样精准地描绘出人们对 20 世纪 80 年代美国的印象。这瓶香水中蕴藏着 80 年代的加利福尼亚之魂。

早在 40 年代末，喧哗就已经凭借自己体内那株散发出果香的晚香玉征服了美国的女性消费者们，此后，晚香玉便与妩媚、诱惑的女性形象画上了等号，而"白花"也在美国成为了一种深入人心的女性标准。40 年过去了，战后审美的复苏使得垫肩、高腰裤、包臀裙以及晚香玉又重获大众青睐，这不完全是个巧合！从喧哗到乔治，仅仅只需一步，而这一步需要脚踩高跟鞋来跨越……

一位性感尤物在空中飞舞，原来是橙花、晚香玉与依兰花团成的花球，它拉开了香水的序幕，前调绿意盎然（白松香、橘子）、醛香浓郁，花香在桃子与香草登场后悄悄离去。乔治的味道让人不禁想起口香糖与棉花糖，这无疑与香水中橙花与香草的组合密不可分，二者赋予香水细腻的咀嚼感、化学感以及奇妙的甜味。人们脑海中不由得浮现一位上班族女孩的身影，她顶着一头吹出来的超大号鬈发，穿着超短裙，眼皮上抹着勾人的蓝色眼影，正用嘴里的口香糖吹着泡泡。

我对乔治有种特殊的偏爱，尽管它有点"太过火了"，但我总觉得选择这款香水的女性一定特别有个性，或者至少期待得到别人的关注，渴望吸引身边人的目光，取悦他们或是激起他们心中的涟漪。的确，当我们喷上乔治，没有人能够无动于衷。（让娜·多雷）

她们曾用过：
南希·里根
碧昂斯
法拉·福塞特
亚历山德拉·拉米

喧哗
罗贝尔·皮盖
P. 59

乔治
比华利山

罪恶晚香玉
芦丹氏
P. 177

品牌： 蒂普提克 Diptyque	调香师： 塞尔日·卡卢金 Serge Kalouguine	问世时间： 1983	类型： 淡香水 香水

侧面

正面

顶部

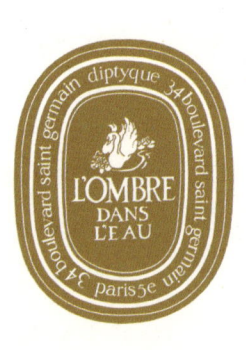

标志

L'OMBRE DANS L'EAU
diptyque 34 boulevard saint germain paris 5e

水中影 L'OMBRE DANS L'EAU

光影花园。 英国调香师蒂朵·默温最早构想出水中影的雏形，彼时作为蒂普提克品牌的花香派调香师，她收集起玫瑰与黑加仑并将它们混合研磨成香水汁液。随后，品牌三大创始人之一克里斯蒂娜·蒙塔尔-戈特罗又赋予它这个令人浮想联翩的名字。

水中影也许是为品牌的成功做出最大贡献的功臣。它完美展现了品牌一贯的波西米亚风情与诗情画意，而对于香水的门外汉而言，它又是相当接地气的。水中影意图在气味上还原一瓶"水边绿色花园中的香水"，可贵的是，它并没有因此沾染海洋调的气息，这种香调会散发出牡蛎与海胆的腥味。不，植物微润的潮湿感才是香水真正的灵感之源，比如翠绿的树叶上挂着的一滴晶莹的露珠。

水中影给人们留下的初印象是满眼绿意：西红柿叶、黑加仑与白松香宣告着玫瑰的到来，后者悄无声息地浮出身影。人们已经能感知到尾调的存在，它偏木质调，甚至还具西普调风采，由橡木苔和香根草装点而成，它加深了人们心中对灌木丛、大地以及生长在炎炎夏日中的植物的遐想。极少有香水能够以如此真实的方式呈现一株纯天然的玫瑰，水中影带给人们的感觉就好比某个夏日的黄昏时分，枝繁叶茂的花园里，我们在一片灌木丛的阴影处发现了这朵玫瑰。

水中影的魅力恰恰凝结于反差中：玫瑰的女性般的圆润丰满与黑加仑枝叶青绿的苦涩形成鲜明对比，但二者又处于一种平衡状态中，唯有自然才深谙万物相生相伴之道。香水中还不时透出十足的英伦风：水中影属于自然主义派，羞怯却又撩人。（让娜·多雷）

他们曾用过：
比利·爱多尔
劳伦·白考儿

亚马逊 .... 水中影 .... 恋恋情深
爱马仕　　　　蒂普提克　　　　圣罗兰

| 品牌：
圣罗兰
Yves Saint Laurent | 调香师：
索菲亚·格罗伊斯曼
Sophia Grojsman | 问世时间：
1983 | 类型：
淡香水
香水 |

侧面	正面

顶部	标志

巴黎 PARIS

玫瑰之城。圣罗兰香水的芳名总是在影响时装界的同时又不断向其致敬（左岸、梦幻剧星），它们叛逆地打情骂俏（鸦片、赤裸），有时又会过火地越界（香槟后来不得不更名为金香槟）。1983年，巴黎再一次验证了这一点，尽管科蒂已经在1923年用这个名字命名过另一款香水。伊夫·圣罗兰借这瓶香水向他爱的城市致以敬意，正是巴黎使他这个来自奥兰的孩子成长为20世纪最伟大的时装设计师之一。圣罗兰与他的市场部总监尚塔尔·鲁斯想要创造一款以玫瑰为主基调的香水、一束如马拉喀什玫瑰般娇艳饱满的花，插在饱含思乡情的温柔香中。然而，80年代的法国早已不再流行这种香调。调香师们提出了一个又一个方案，但没有一个令人满意。不久后，一位白俄罗斯裔的年轻美国女调香师索菲亚·格罗伊斯曼的出现终于打破了僵局，她的提案得到了采纳。她表示自己受到阵雨过后以及其中鸢尾紫罗兰元素的启发，并利用它们为玫瑰增添了更加轻盈与现代的感觉。因此花香调的巴黎是清新娇艳的玫瑰与粉感绵密的紫罗兰亲密融合后的结晶。含羞草、依兰花与山楂带来了几分辛辣、几缕果香与几抹甜蜜，让这束花更加臻于完美。香水的尾调透出麝香味道与淡淡的琥珀香，十分稠腻（檀香、天荠菜）、柔和且疗愈。然而，在巴黎自由不羁的外表背后，藏着一颗坚如磐石的心，它的香味让人难以忘怀，它力挺着自己的拥护者们，绝不会背弃他们而去。随后几年里，索菲亚·格罗伊斯曼被冠以玫瑰女王的称号，她独树一帜的风格与技巧始终聚焦于玫瑰这一主题。（约翰·塞尔维 / 让娜·多雷）

阵雨过后	巴黎	永恒
娇兰	圣罗兰	凯文·克莱
P. 23		P. 139

品牌： 香奈儿 Chanel	调香师： 贾克·波巨 Jacques Polge	问世时间： 1984	类型： 香水 香精 淡香水

侧面	正面
顶部	标志

可可小姐 COCO

东方巴洛克。 20 世纪 80 年代初期见证了香奈儿的复兴。1983 年，卡尔·拉格斐开始参与其高定服饰、成衣以及配饰的设计，他的到来标志着品牌的长盛不衰，随后的 1984 年，一款伟大的女性香水问世了。从设计之初开始，香奈儿的艺术总监贾克·海卢与他的御用调香师贾克·波巨就决定将香水命名为可可小姐，以表达对品牌创始人的崇高敬意。为了丰富自己的气味灵感，贾克·波巨造访了加布里埃尔·香奈儿女士的公寓，他惊讶地发现那里竟有着巴洛克风格的内饰，房间由饱含异国风情的细木制件与烫金镜子装点而成，与调香师之前想象的极简主义大相径庭。为了重现这种氛围并再造这方天地，调香师调制出一款宏大的东方调香水，香味如同一场花香调（依兰花、茉莉、鸡蛋花、玫瑰、橙花、含羞草）与清甜果香调（橘子、桃子）的大爆炸，威力十足、芳香四溢，香料（丁香）也在其中推波助澜。尾调的味道似乎久久不散，它由东方调与木调（檀香、香豆、香草、安息香、愈伤草）堆叠而成，其中还夹杂着细微的皮革调。可可小姐"闻起来很昂贵"，黑色与金色是它钟爱的颜色。这份凝望着时代的作品，架起了东西方之间的想象之桥。与同时代那些繁复又外放的作品不同，可可小姐保留了一条真正的主线，一个明晰的气味框架，每一秒都是一次震颤，它循环往复地输送着同一个香调、同一种特殊调协。在让-保罗·古德设计的广告中，女主角凡妮莎·帕拉迪丝身处鸟笼之中，身旁则是加布里埃尔·香奈儿女士的魅影，此番场景着实令人难以忘怀。这是一款绝美的香水，透过时光滤镜，吊起人们的胃口，带来无限惊喜。（约翰·塞尔维）

她们曾用过：
凯瑟琳·泽塔-琼斯
凡妮莎·帕拉迪丝
玛莲·法莫
格温妮丝·帕特洛

蒂花
恩加罗

可可小姐
香奈儿

摩登都市
雅诗·兰黛

品牌： 古特尔 Goutal Paris	调香师： 安霓可·古特尔 Annick Goutal	问世时间： 1985	类型： 淡香水

侧面

正面

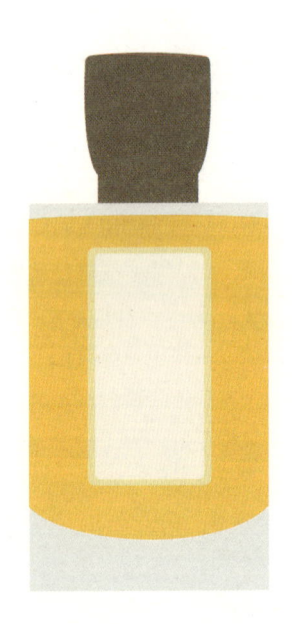

顶部

标志

GOUTAL

PARIS

尊爵之香 SABLES

沙丘之上。精致的柠檬、若干瓶芳香水抑或是两三束玫瑰：这些还不足以全面概括安霓可·古特尔的香水。尊爵之香就是最好的证据。在这件乍看下咄咄逼人的作品背后，实则藏着一瓶诗情画意的稀世珍香。为了尽可能展现科西嘉岛的炎热，香水着意刻画了其热辣的丛林以及小岛的灵魂——不凋花，这种花的纯香鲜少被用于香水中。原因在于它的气味变化多端，通常会散发出甜烧酒般的、辛辣的甚至接近食物的味道，这些特质都是调香师们难以驾驭的。不过它在这瓶香水中完全没有被滥用：实际上甚至恰恰相反。

这种黄色的花朵气味辛辣，还透出干草与皮革香，香水在它的味道中掺入了广藿香、橡木苔以及海量檀香，后者巧妙地稳固了香水的结构并使其更加流畅。一开始，木调便揭开了不凋花独一无二的炽热面目——此后，这份炽热便挥之不去，直至尾声。如果说转瞬即逝的柑橘香与几缕典型的地中海香为这片荒芜的景色增添了一抹清凉，那么琥珀后调的热情则更加印证了这件作品的馥郁。不凋花的气味同样还很美味，甚至还透出一股焦糖香，而香草调则为尊爵之香送去了一抹美妙的温柔。香水的尾声让人联想起一瓶焦香西普调香水，其中的花香调逐渐干涸枯萎，将广阔空间留给科西嘉岛密林中的植物。

与安霓可·古特尔系列香水中的自然主义精神完美契合，这件动人的作品见证了曾经发生在科西嘉岛上的一段美丽爱情故事，它也成为了香水界中无法回避的一款经典之作，一方面是因为它的独特风格，另一方面则是因为它塑造的迷人又难忘的气味图景。（亚力克西·图布朗）

她们曾用过：
凯瑟琳·德纳芙
玛丽·拉福莱

广藿香 　　　　　 尊爵之香 　　　　　 孟加拉蕨
回忆 　　　　　　 古特尔巴黎 　　　　 帝国之香
P. 93

品牌： 凯文·克莱 Calvin Klein	调香师： 鲍勃·斯拉特里 Bob Slattery	问世时间： 1985	类型： 香水

侧面

正面

顶部

标志

OBSESSION

激情 OBSESSION

琥珀香荟。凯文·克莱以牛仔裤、内衣以及性感裸露的广告而闻名于世,在 1985 年推出香水激情前,它已经尝试过两次香味创作,很可惜这两款香水都没有引起太大反响。在大众看来,新推出的这款女性香水实现了设计师向香水界的完美跨界。1993 年,纤细的凯特·摩丝出现在了激情香水的黑白海报中,裸露的修长身躯使她立刻与 80 年代香水大片中的性感女郎们区分开来。这样一个纯净、不加修饰乃至病态的形象,彻底撼动了超模界,也稳固了凯文·克莱在性感审美大潮中的地位,这股由性欲主导的浪潮同时也是 90 年代的代表性标签。

初闻激情,我们可能会被它迷惑。前调散发出柑橘古龙水的味道,充盈着大量的香柠檬与橘子,让我们不禁将它与娇兰香水的前调联系起来。但是这种错觉很快就会烟消云散,肉桂与丁香组成的一股强劲辣味席卷而来,它浸润在琥珀香草与香脂铺好的温床之中,其中夹杂着闭鞘姜的那股若隐若现的动物调,让人联想起温热皮毛的味道。尾调不断伸展,气味逐渐变得更加深沉,烟味也愈发浓烈,檀香和乳香将热浪无限延长。

总的来说,激情的结构非常经典,与卡地亚的唯我独尊有着异曲同工之美,后者的绿色前调较为内敛,但随后又悄无声息地勾搭上一千零一夜中的柑橘琥珀以及鸦片中的辛香料。20 世纪 80 年代涌现了大量暗黑系香水,激情沉浮于这波浪潮中,与它同年的毒药也一并位列其中,激情保留了一份欧洲经典香水的优雅,但同时又歌颂着颇具美利坚色彩的独立精神,这种精神敢于公然挑逗。与同时代的其他香水比起来,激情中那股甜蜜、动人又未经雕琢的味道如今闻起来并不怎么过时,它持续释放出一份永恒又强大的讯息,讯息里传递着充满狂野兽性的肉欲。(让娜·多雷)

她曾用过:
惠特妮·休斯敦

唯我独尊	激情	沙丘
卡地亚	凯文·克莱	迪奥

品牌：	调香师：	问世时间：	类型：
迪奥	爱德华·弗莱希埃	1985	淡香水
Christian Dior	Edouard Fléchier		香精

侧面

正面

顶部

标志

POISON

毒药 POISON

禁忌之果。 作为20世纪80年代的奇迹香氛，毒药折射出一个时代、一种浮华的风尚，当时，垫肩外套、爆炸头以及五颜六色的浮夸妆容正风靡一时。时任迪奥香水总裁的莫里斯·罗杰构想并创作出毒药，在经历了1976年迪奥的失败后，毒药的诞生标志着迪奥品牌历史上的重大转折点出现，同时它也成为了圣罗兰鸦片的有力竞争者。这是一款激情四射又戏剧性十足的香水，它光彩夺目，肆意绽放的蛇蝎美人晚香玉与玫瑰共同构成了香水的精髓，在大马酮（有着熟苹果味道的分子）的作用下，玫瑰的香气愈发浓郁。一股黑色水果挞般（蓝莓、黑加仑、桑葚）的美味香调将香水团团包裹，阵阵橙花香飘来，水果挞表面还铺了一层蜂蜜，点缀着零星香料（肉桂、胡椒、芫荽）。琥珀与香脂的出现缓解了香水的甜腻黏稠。香水、香水瓶——一个象征着禁忌之果的紫水晶苹果以及香水的名字，三者完美融合，唤醒了人们对路易十四宫廷投毒事件的记忆。对于那些对80年代了如指掌的人来说，不需要闻到香水的味道，他们就能料想到它的侵略性。而对于最年轻的那些人来说，这款香水名声在外，即使算不上臭名昭著，但它至少也是个小恶魔，是个有点不讨喜的香水。然而，结合多重因素来看，毒药都是一款值得人们不断探索直至将其驯化的香水。没错，毒药超载了，它满满当当地装着太多元素，这些元素全都渴望着变得更丰富、更强大、更浓烈，为的是传播一种充盈感，一种攻击性强又激烈的女性特质。是的，毒药可能显得有些过时，但它的结构历久弥新，也许是因为它一问世就取得了巨大的成功，又或是因为它比其他任何一款香水都更能代表那个逝去的年代。不管怎么说，这都是一款高傲的香水，只消喷上一丁点，它就能展现出最佳状态，不过同时也暴露出自己数不清的缺点。简而言之，毒药是一款当之无愧的伟大香水。（约翰·塞尔维/让娜·多雷）

银幕流芳：
在柯蒂斯·汉森执导的影片《晃动摇篮的手》(1992)中，心狠手辣的婴儿保姆（瑞贝卡·德·莫尼饰）偷用了一点雇主（安娜贝拉·莎拉饰）的香水，但随后便被雇主的邻居（朱利安·摩尔饰）发现，后在保姆身上闻到的正是毒药的味道。

她曾用过：
科洛·塞维尼

喧哗
罗贝尔·皮盖
P. 59

毒药
迪奥

露露
卡夏尔
P. 135

品牌: 爱马仕 Hermès	**调香师:** 让 - 路易·修扎克 Jean-Louis Sieuzac	**问世时间:** 1986	**类型:** 淡香水

侧面 | 正面

顶部 | 标志

漂亮朋友 BEL AMI

名贵皮革。1986 年,当让-路易·修扎克调制出漂亮朋友时,鸦片正风光无限,并且不久后,华氏温度也将一炮而红。鸦片与华氏温度通过自己的独特风格惊艳了整个时代,而漂亮朋友就夹在这两个洪水猛兽之间问世了,这是一款独具魅力的经典西普调香水,有别于自己的同门兄弟,香水不会高声吆喝以吸引关注,但它心里明白,在懂行的人那里,它终将迎来属于自己的高光时刻,甚至是人们的"顶礼膜拜"。

当马具制造商爱马仕向让-路易·修扎克提出想要创作一款以皮革为主基调的香水时,调香师立刻想起了莫泊桑的一本小说以及小说的主人公——一位野心勃勃、不择手段的外省人,小说的最后,这位外省青年荣升贵族,成功跃居社会上流阶级。《漂亮朋友》向我们讲述了一个关于阶级攀升、诱惑、投机、政治以及贵族的故事。而爱马仕的漂亮朋友带领我们去往的也正是这最后一站,即贵族世界。

如果说娇兰属于资产阶级,那么爱马仕毋庸置疑是贵族专享。漂亮朋友的前调开门见山,直接进入皮革主题,它深邃、黑暗、干燥又浓郁,一兜橘类水果(柠檬、香柠檬、橘子)与几把热辣浓烈的香料(丁香、孜然、小豆蔻、胡椒)才勉强将它的活力唤醒,这股柑橘香与香料味也为随后诞生的自我(1990)埋下伏笔。

紧接着,这片深沉阴暗的领地中闯入了几位不速之客,它们带着粉感又温柔似水:原来是几株鸢尾和茉莉,它们与安息香以及树脂、乳香强劲的味道融为一体。最终,皮革香气定神闲地被香根草、雪松、广藿香与橡木苔簇拥在中间,它们用高贵的气息奠定了整瓶香水的西普调,既不显得太过头轻脚重,又始终坚定如一。

20 世纪 80 年代末,喷上漂亮朋友就几乎等同于拥有了它的优雅,这份优雅既经典又独特,尊贵体面的同时又不失性感俏丽。它是一位真正的气味贵族。(让娜·多雷)

尼兹十 ········· 漂亮朋友 ········· 德比
　　　　　　爱马仕　　　　　　娇兰

品牌： 卡夏尔 Cacharel	调香师： 让·吉夏尔 Jean Guichard	问世时间： 1987	类型： 香水

侧面

正面

顶部

标志

露露 LOULOU

对，是我。 20 世纪 80 年代，香水界的百花争奇斗艳，新香水也层出不穷，为了能够在其中占有一席之地同时让自己脱颖而出，卡夏尔推出了当家香水安妮（1978）的姐妹篇——露露。兼具典型 80 年代的魅惑与随后的 90 年代标志性的温柔，露露再一次完美展现了卡夏尔的品牌价值，女影星路易斯·布鲁克斯以及她在影片《潘多拉的盒子》（1929）中扮演的角色露露完美诠释了香水的灵魂：无辜、魅惑并且充满未知的惊喜。如果说安妮是一位满脑子幻想的聪慧少女，那么露露则是个致命女人。香水对气味的选择充分凸显了它外放又撩人的女性特质：前调中的香草与糖浆被明媚的（提亚蕾、依兰花、茉莉）、充满粉感的（鸢尾、含羞草、天芥菜）花香调包裹，它们与果香以及柑橘香（黑加仑、香柠檬、橘子）相互对峙着，最终，乳香、檀香、香豆素与麝香组合而成的浓烈持久香调为香水画上了句号。露露在 80 年代末与 90 年代取得了空前绝后的成功。如今，它依旧是所有青春期少女们的挚爱。露露被视作毒药的优秀接班人，只是相较于后者，它多了香草调的调和，又少了些香料与蜂蜜，在气味上更为柔和，同毒药一样，露露也能让人联想起禁忌之果，这主要归功于香水中的芝麻，芝麻的味道使女性风靡一时的极致性感形象跃然纸上。除了香水本身，配有长瓶盖的奶玻璃香水瓶也让人浮想联翩，它状如一盏神灯，将两种反差色组合在一起，这样独特的包装无疑使得露露更加名声大噪。一切都是那么新奇，正如香水广告以及广告中那两句令人印象深刻的台词："露露吗？——对，是我。"（约翰·塞尔维）

毒药 .... 露露 .... 迪奥魅惑
迪奥   卡夏尔
P. 131

品牌： 迪奥 Christian Dior	**调香师：** 米歇尔·艾麦瑞克 Michel ALmairac 让－路易·修扎克 Jean-Louis Sieuzac	**问世时间：** 1988	**类型：** 淡香水

侧面　　　　　　　　　　　　正面

顶部 　　　　　　　　　　　　标志

Fahrenheit

华氏温度 FAHRENHEIT

熔化的男人味。作为香水界中不折不扣的异类,华氏温度与流行背道而驰,但它横跨了几十年,始终稳居法国以及全球最畅销香水榜单前五十名。

香水的灵感来源于流行艺术家詹姆斯·罗森奎斯特的一幅作品,作品让人联想起熔化的玻璃与金属,华氏温度探寻的则是想象与梦中的大地,它与当时风头正盛的物质主义相悖,但也因此成为20世纪90年代男性主义的真正先驱,香水更多地渴求着存在而非拥有。这样一个独特又颇具颠覆性的气味创作,与雷德利·斯科特的电影以及派特·麦席尼的音乐遥相呼应,后两者梦幻般的审美永远不会过时并且堪称卓尔不群。香水的前调参考了灰色法兰绒(1975)以及其中散发出麝香味的绿色紫罗兰,由于过量使用了某种能还原紫罗兰叶子味的化学合成原料——辛炔羧酸甲酯,华氏温度在男香世界中掀起惊涛骇浪。

茉莉与忍冬构成的绿色花香中调带来了一个奇妙又独特的香味组合,随后,浓郁的木质尾调又悄悄将它中和。粉末感的广藿香与皮革还有散发出焦油味的安息香结合,又与香根草以及麝香相互交融,呈现出一个完美、新颖又高贵的整体。

早在迪奥男士以及它的粉感鸢尾出现之前,华氏温度就已经是花香调男香的一大鼻祖,虽属花香调,但它同样也展现出相当的男子气概。它的成功一方面得益于气味的独创性,另一方面则离不开它打造的那个艺术世界,强大、和谐又引人遐想。(让娜·多雷)

灰色法兰绒	华氏温度	为他
杰弗里·比尼	迪奥	纳西索·罗德里格斯

| 品牌：
凯文·克莱
Calvin Klein | 调香师：
索菲亚·格罗伊斯曼
Sophia Grojsman | 问世时间：
1988 | 类型：
香水 |

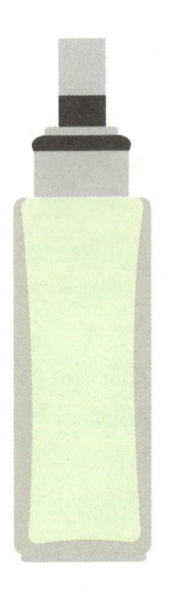

侧面 | 正面

顶部 | 标志

ETERNITY

永恒 ETERNITY

永生康乃馨。与激情表现出的魅惑以及性开放相反,永恒诠释了 20 世纪 80 年代末美国保守的、清教徒式的道德标准。它传达的主题则围绕着婚姻、忠诚、家庭与母性。永恒的诞生预告着 90 年代的流行趋势:物质主义的缓解,人们将关注点更加转向个人、情感以及精神的发展。永恒与它的前辈巴黎以及晚它两年的后生璀璨之间有着千丝万缕的联系。永恒是纯粹的格罗伊斯曼风格的作品:一束鲜花,其中的几朵玫瑰——调香师的吉祥物——插在散发出覆盆子香的紫罗兰与白色的铃兰中,香水还借鉴了比翼双飞中那股温柔又辛辣的康乃馨香调。整瓶香水沐浴在海量龙涎酮中,这是一种透出隐约木调的合成分子,它的气味来源于白麝香(佳乐麝香),香水在绵密的檀香与琥珀香尾调中渐渐落幕。永恒是一瓶干净的、具有典型美国特色的香水,它纯粹、温和又治愈,同时气味非常持久,充分体现出索菲亚·格罗伊斯曼对量与度的精准把握。不喜欢这款香水的人在退货时给出的理由惊人地一致——他们称它为塑料花,但是对于认定它的人来说,永恒照耀着他们,也点亮了他们,香水被优雅怀抱,周身笼罩着一圈乳白色的光芒,温柔又特别。细长的湿发、白皙的肌肤、干净的额头、修长的脖颈:由超模克里斯蒂·杜灵顿演绎的著名黑白广告大片已经彰显出 90 年代的风格。香水瓶棱角分明、不加修饰,它也同样预示着极简风潮将席卷 20 世纪最后一个 10 年。(约翰·塞尔维)

比翼双飞	永恒	璀璨
莲娜·丽姿	凯文·克莱	兰蔻
P. 61		P. 145

1990
↓

世纪末
的
香味世界

↓
1999

1990—1999. 市场逐渐趋于统一，走向同化，新兴的香水层出不穷，挑战也升级为全球化。一些重要的气味流派出现，它们共同见证了一个比外表看起来还要复杂的时代。这是一个崭新的香味世界，与已成气候的旧规则划清界限，它迫不及待地推出能够彰显乐观与平和精神的优秀新作，为的是迎接梦幻般的千禧年。海洋调风靡一时，它起源于美国，如惊涛骇浪般席卷全球，它的出现满足了人们的新需求——对纯净的渴求，海洋调香水往往很持久，尽管它们的名字让人觉得充满自然意蕴，但实际的气味与之相去甚远。美食调香水来势汹汹，并逐渐站稳脚跟，以天使为代表，该香调在这一时期成为了最大赢家。花香调香水更添温柔平和，而木调香水则趋于女性化。辛香调香水火热缤纷，体现出多元文化的精髓。

品牌： 香奈儿 Chanel	调香师： 弗朗索瓦·德玛奇 François Demachy 贾克·波巨 Jacques Polge	问世时间： 1990	类型： 淡香水

侧面	正面
顶部	标志

自我 ÉGOÏSTE

残缺，那么美。自我绝非偶然的产物，它的亲眷们就是最好的证明。埃内斯特·鲍曾于1925年创作出旷世巨作岛屿森林，1987年，贾克·波巨重新采纳了它的配方，用于调制黑木——一款怪诞的木质调香水，风姿不减当年，但对于当时的男性来说，它太过张扬大胆，因此惨遭滑铁卢。

为了巧妙地化解这次不幸的失败，香奈儿在20世纪90年代决定重新研究香水的配方，使它更加迎合市场的需求，并且还为它取了一个轰动的名字，这个名字因为香水的广告而深入人心，广告中，伴随着普罗科菲耶夫所作的悠扬乐曲，狂躁的公主们拍打着宫殿的百叶窗，嘴里急切地呼唤着自我，留下了一段荧幕经典。

自我因此大获成功。与自己的两位前辈一样，木调是自我的脊梁，这一香调由檀香和广藿香构成，又被没药树脂、香草、玫瑰木、芫荽以及肉桂包裹在中央。香水的结构相当复杂，而当我们想到它的雏形初现于20世纪20年代时，又不得不感叹它所展现出的惊人的现代感。桃子与李子干的水果调，散发出甜酒香的琥珀调，还有香豆素温柔的粉感调，三者融为一体，让人们感觉到自己仿佛饮下一杯甜蜜的烧酒，又抽上一支回甘的烟。

自我是附庸风雅者以及花花公子的专属。我们无法将脚蹬篮球鞋、身着T恤的人与它联系起来，绝不行，为了衬托它的高贵端庄，我们至少要表现出一丁点的优雅、精致与自信，哪怕是附庸风雅。（让娜·多雷）

岛屿森林 ⋯⋯⋯⋯⋯⋯⋯⋯ 自我 ⋯⋯⋯⋯⋯⋯⋯⋯ 林之妩媚
香奈儿　　　　　　　　　香奈儿　　　　　　　　　芦丹氏
P. 41　　　　　　　　　　　　　　　　　　　　　　P. 149

品牌：	调香师：	问世时间：	类型：
兰蔻	索菲亚·格罗伊斯曼	1990	香水
Lancôme	Sophia Grojsman		

侧面　　　　　　　　　　　正面

顶部　　　　　　　　　　　标志

Trésor

璀璨 TRÉSOR

珍贵的温柔。20世纪的最后一个十年,果味花香调香水大量涌现,并逐渐成为极畅销的一大气味门类。而正是出自索菲亚·格罗伊斯曼之手的璀璨,在1990年开创了这一风潮。在黑色梦幻(1978)诞生前,兰蔻(由弗朗索瓦·科蒂的旧助手阿曼达·珀蒂让创立于1935年)还不曾推出过引起较大反响的女香,品牌希望能够打造一款与80年代盛行的侵略风截然不同的香水。璀璨这个动听的名字出自1952年的一家香氛店。璀璨比娇兰的娜希玛晚出生十一年,相较于璀璨,这位老前辈可就没有那么似锦的前途了。璀璨重新演绎了娜希玛的玫瑰香与水果味,并用大量的人工香料将这一结构牢牢锁住。在璀璨中,万花之后为自己染上铃兰的白色,又用桃子与杏子的浓郁果香调包裹住全身,合成原料的参与造就了香水气味的逼真但同时也立刻暴露了的身份。整瓶香水在粉末感、麝香味与木质调(主要成分有佳乐麝香和龙涎酮,香水大量使用了这两种化学合成原料)的基底上安然稳坐,后劲十足、香味持久,它周身还笼罩着一圈明亮又温柔的光晕。一经问世,璀璨就取得了空前绝后的成功,它成为了新时代的经典,并跻身全球最热卖的香水之列。这是一瓶转型之作,既沿用了传统香水界的规则(以充满粉感的玫瑰-紫罗兰为主题),又保留了80年代香水共有的那份强劲,同时还通过自己的对话与交流,标记下90年代香水的开端,这将会是一个更加明媚、纯净的香味时代。尽管香水因为缺乏精致度而显得有些笨拙,但这并不妨碍它透出无尽的温柔,它承载着乐观的精神、儿时的记忆与母亲的爱。反差与矛盾最终造就了香水气味的细腻微妙,璀璨绝对是一款不容错过的珍宝。(约翰·塞尔维)

她们曾用过:
凯特·温斯莱特
佩内洛普·克鲁兹
黛安·克鲁格
伊莎贝拉·罗西里尼
依蕾·莎丝特
凯特·温斯莱特

娜希玛 ········· 璀璨 ········· 香颂
娇兰   兰蔻   宝诗龙
P. 111

品牌： 宝格丽 Bulgari	调香师： 让－克罗德·艾列纳 Jean-Claude Ellena	问世时间： 1992	类型： 古龙水

侧面 | 正面

顶部  | 标志

绿茶 EAU PARFUMÉE AU THÉ VERT

绝佳范本。作为茶类爱好者，让-克罗德·艾列纳早在受到宝格丽邀约前就已经构想出香水绿茶的雏形。香水的配方先后遭到迪奥（恰逢敌手华氏温度，败下阵来）与圣罗兰（否决理由是"太新奇"）的拒绝，最终被这位珠宝商采纳，后者迫切地想要推出属于自己的第一款古龙水，兼具优雅与小众，并且只在品牌的门店销售。

客观地说，香水闻起来并不怎么像一杯大吉岭茶，它完美还原的这份沁人心脾的清新感与这股难以言喻的植物花香，更像是我们在品味一杯上等绿茶时闻到的气息。香柠檬的清新在前调中独领风骚，它散发出柑橘香，气味格外芬芳，味道中还夹杂着一股明显的苦涩，让人立刻联想起另一种名茶——伯爵的香气。在这份清爽背后实则藏着一片芳香四溢的花海，空气中充盈着植物的气息，有玫瑰、紫罗兰与橙花，二氢茉莉酮酸甲酯包裹住这些花朵，使花香更加馥郁。一小把辛香料，里面有白豆蔻、胡椒与芫荽——三者都是调香师色板中的常见元素——它们带来了一股灼人的热，与前调中纯净的清新形成了鲜明对比。

香水由不到二十种原料组成，它也因此开创了一种"艾列纳风格"，即纯净极简风。如今该风格更是成为了一种国际标准，适用于所有"绿茶"系列商品，从香皂到除臭剂，甚至还被其他一些香水沿用（兰蔻的绿茶舒活，伊丽莎白·雅顿的绿茶……）。

作为品牌的第一款香水以及当家花旦，香水在面临意料之外的成功后，决定加大自己的发行量，品牌又在随后推出了"茶香"系列，其中包括白茶、红茶、乌龙茶……（让娜·多雷）

她们曾用过：
克劳迪娅·希弗
梅格·瑞恩
莎朗·斯通

绿茶
宝格丽

绿茶
伊丽莎白·雅顿

唯一
凯文·克莱

品牌：	调香师：	问世时间：	类型：
芦丹氏 Serge Lutens	皮埃尔·波顿 Pierre Bourdon 克里斯托弗·谢德雷克 Christopher Sheldrake	1992	香水

侧面

正面

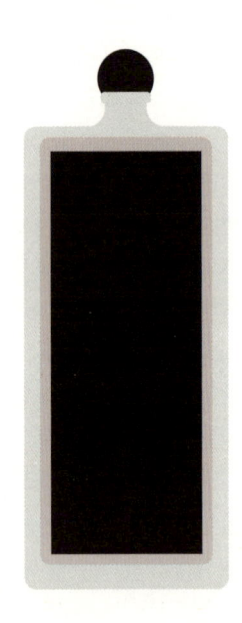

顶部

标志

林之妩媚 FÉMINITÉ DU BOIS

美丽的乌木。1992 年,在塞尔日·芦丹氏的指导下,克里斯托弗·谢德雷克联手皮埃尔·波顿为资生堂品牌带来了一款前卫的香水,这款如今受人追捧的香水在当时却是气味界的奇葩。一位男士向他所处的时代、香水界以及香水界中的变革投去崭新的目光,林之妩媚随之诞生了。塞尔日·芦丹氏希望能创造出一款以阿特拉斯雪松为主题的香水,他在 20 世纪 60 年代第一次造访马拉喀什时发现了这种植物,它气味绵密,透出奶香,与维吉尼亚雪松截然不同,后者更加干燥并且闻起来有股铅笔芯味。林之妩媚以木调为脊梁却自诩为"女性"香水,这在当时是极具颠覆性的。阿特拉斯雪松的身旁跟随着花香调(紫罗兰、玫瑰、橙花),又被一股扑鼻的美味香气包裹在中央,这股香气来自于糖渍李子,让人联想起罗莎女士的香调,同时雪松还与火热甜蜜的辛香料(肉桂、小豆蔻、丁香)缠绵悱恻。蜂蜜、蜂蜡与麝香的甘甜调让香气绵延不绝。这是一款以清晰的结构作为基础的创作,其中圆润与生硬、酸涩与甜蜜一一对应。同年,作为芦丹氏"巴黎皇家宫殿"门店里的一个系列,林之妩媚被分割为四款香水售卖,每一款都集中展现了它的某个突出特点,这四款分别是:暮紫森林、东方森林、森林果实以及麝香森林。1995 年,皮埃尔·波顿再次采用了这个木调搭配果香调的组合,为克里斯汀·迪奥创作出快乐之源,这一次,香水中平添了许多温柔与明媚。2009 年,林之妩媚被单独成立香水品牌的芦丹氏纳入麾下,借此机会,品牌的经典长方形香水瓶替代了香水原本"水滴状"并呈独特杏子色的瓶身。即使经历了重新配方,林之妩媚仍然是一瓶了不起的香水,它香味恒久,堪称神秘。(约翰·塞尔维)

她们曾用过:
蒂塔·万提斯
克里斯汀·斯科特·托马斯
齐雅拉·马斯楚安尼

罗莎女士 ················· 林之妩媚 ················· 快乐之源
罗莎　　　　　　　　芦丹氏　　　　　　　　迪奥
P. 51

| 品牌：
三宅一生
Issey Miyake | 调香师：
雅克·卡瓦利耶－贝勒特
Jacques Cavallier-Belletrud | 问世时间：
1992 | 类型：
淡香水
香水 |

| 侧面 | 正面 |

| 顶部 | 标志 |

ISSEY MIYAKE

一生之水 L'EAU D'ISSEY

瓶中海洋。1990 年，为了与刚过去的十年中的残余彻底划清界限，一种追求纯净、真实与率真的气味流派出现了，它着力于还原水的味道与美好，它的出现与人们的焦虑感密不可分，面对即将落幕的 20 世纪以及日益凸显的环境问题，人们的内心或多或少感到担忧。此时也是一个性感与纯净相联、洁净与欲望不分的节点。在大众心中，肆虐的艾滋病已经从一种"同性恋癌症"转变为全球化疾病。人们想要净化身体与精神，以求能够象征性地摆脱现代世界的污浊。在香水界，人类的这种追求通过试图捕捉海水的味道体现出来，它彻底与传统古龙水以及 70 年代盛行的清新香水、西普调香水做了个了断。一种新香型诞生了，它发源于美国，随后又传到欧洲——它就是海洋花香调。1990 年，雅男仕的新西部一马当先，随后，在 1991 年，凯文·克莱的逃避诞生，它们是最早围绕着这种新香调展开的香水，该香调碘味浓、气味强，香味主要出自西瓜酮，后者是一种化学合成分子，味道极其近似于牡蛎和海浪。1992 年，随着日本品牌三宅一生的首款香水一生之水的问世，这股风潮越吹越远，香水由雅克·卡瓦利耶-贝勒特创作完成。伴随着海洋调到来的，是一股微妙且醉人的花香，它香味厚重、粉末感十足，散发出甜蜜的气息，这股气味在遇上了蜜瓜的果香之后更加浓郁，过量的白麝香为香水打造出一个坚实的木质尾调，又为前序的味道笼上一层光晕。不同于名字寓示的涵义，一生之水与它的前辈们一样，是一款极具魄力的香水，化学合成物的参与造就了它气味的逼真。有些人爱它，有些人讨厌它，但是不管怎么说，如果要想了解 20 世纪末香水界最重要的一大流派，一生之水是一件你绕不开的作品。（约翰·塞尔维）

荣誉：
1993 年荣获香水基金会大奖中的最佳女士香水奖。

逃避 ················ 一生之水 ················ 水之恋
凯文·克莱　　　　三宅一生　　　　　高田贤三

| 品牌：
穆勒
Mugler | 调香师：
奥利维尔·克莱斯普
Olivier Cresp | 问世时间：
1992 | 类型：
香水
淡香水 |

侧面

正面

顶部

标志

ANGEL

天使 ANGEL

罪恶的欢愉。 1992 年,蒂埃里·穆勒推出了天使,它旋即掀起一场嗅觉与审美的风暴。这款先锋之作,出自奥利维尔·克莱斯普之手,它是最早将嗅觉快感与味觉快感游刃有余地把玩于手心的香水,并且它的出现还预示着在此后近 30 年里,美食调、甜腻香水将持续走俏。尽管这种感官的融合——或者说混淆,如今已完全为人们所接受,甚至颇受追捧,但早在 20 世纪 90 年代初时,它可没有享受过这么好的待遇。奥利维尔·克莱斯普提出,如今"约有 70% 的新香水都属于美食调。而正是天使开创了这一新香型并掀起风靡一时的热潮。它总共经历了 630 次试验和为时两年多的调配工作"。香水的背后还有一段为人津津乐道的故事:蒂埃里·穆勒想要以他的童年回忆为主线,调制一款香水——他的童年汇集了节日集市、超大棉花糖、巧克力、冰糖苹果和焦糖苹果等味道。实际上,天使是对东方调的再造,它有着双重结构,一边是霸道的甜味与果味,另一边则是浓郁且散发出大地气息的黑色广藿香。天使是一种独特审美的产物,同当年的毒药一样,它也引起了巨大反响:让人又爱又恨。香水的气味非常强劲,辨识度极高。有人喜欢它也有人厌恶它,这是一个毁誉参半的香水典型。如此新潮的作品必然难以得到理解和接受。而天使背后的调香团队则对它有信心,坚信时间足以让它证明自己。天使省去了消费者测试而直接面世,因为面世前的测试很可能会将它扼杀在摇篮中,毕竟它的气味太过奇特,需要一段时间才能被人们认可。年复一年的口耳相传、熟人安利与市场宣传终于见效了,如今,每一位坚守在天使身边的人都成为了这颗蓝色星星忠实的追随者。(约翰·塞尔维)

她们曾用过:
希拉里·克林顿
凯蒂·佩里
米拉·乔沃维奇
妮可·基德曼
蕾妮·齐薇格
伊莎贝尔·阿佳妮
凯特·哈德森

广藿香 …… 天使 …… 鲜花炸弹
回忆   蒂埃里·穆勒   维果罗夫
P. 93

品牌：	调香师：	问世时间：	类型：
芦丹氏	克里斯托弗·谢德雷克	1993	香水
Serge Lutens	Christopher Sheldrake		

侧面

正面

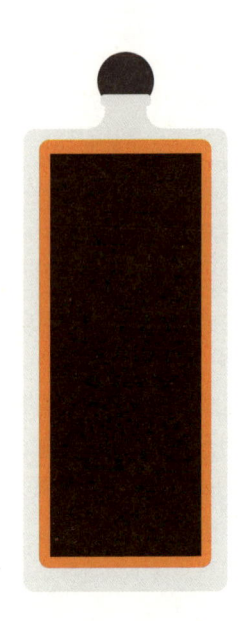

顶部

标志

琥珀君王 AMBRE SULTAN

东方君主。 自 1993 年问世以来，琥珀君王一直颇受追捧，对于许多人来说，它就是他们的芦丹氏风格启蒙。比起品牌的其他香水，琥珀君王显得没那么别出心裁，但它仍然值得人们为之驻足。

从理论上来说，人们或许认为没有什么比调制琥珀调香水还容易的事了。取一份岩蔷薇纯香，将其与香草醛结合，你就会得到一个产物，该产物能赢得全球半数以上人的青睐，并收获"火热""圆润""性感"以及"迷人"等评价。不过，通常而言，人们总喜欢在这一过程中玩点过火的小把戏。有时，这些旁门左道会将人置于十分棘手的境地。

芦丹氏香水通常都会对原料进行改造，改造对象既有香水的主要原料也有其中的配角，而经过改造后的原料既可能贻笑大方，又可能华丽蜕变。在琥珀君王中，岩蔷薇的芳香被着重突出，以至于会让有些人觉得香水"太过男性化"。事实上，草本植物月桂、百里香、牛至透出青涩的苦，中和了这股裹人的热，香水随之脱颖而出。安息香与香桃木游走于琥珀香、树脂香以及地中海的菜肴香之间。香料使充满粉感的安息香变得火辣，也带给人们耳目一新的感觉。

当众多琥珀调香水还在绞尽脑汁地强化香草元素以求取悦大众时，其他一些有志之士则苦心钻研着风格技巧，为的是摆脱轻浮与肤浅的气质，这些琥珀香腾出大片空间留给茂盛的岩蔷薇，蜜罐中泡大的它散发出树脂的香气。琥珀君王完美地平衡了琥珀外壳的火热与草本枝叶的轻盈，它只尽力做好自己，不左右逢迎更不附庸风雅;它就是天下第一。(亚力克西·图布朗)

她们曾用过：
伊莎贝尔·阿佳妮
蕾拉·贝蒂

古老琥珀 .... 琥珀君王 .... 绝对琥珀
科蒂   芦丹氏   汤姆·福特

品牌： 芦丹氏 Serge Lutens	调香师： 莫里斯·鲁塞尔 Maurice Roucel	问世时间： 1994	类型： 香水

侧面

正面

顶部

标志

银霭鸢尾花 IRIS SILVER MIST

银色上帝。尽管身边劲敌如云，从最古典的到最现代的，从具象派到抽象派，银霭鸢尾花仍是世上当之无愧的鸢尾之王，它最为朴实无华，同时也凝结了最多的心血。

简单地说，逼真造就了它的地位：银霭鸢尾花闻起来有一股纯鸢尾精油的味道，这一点毋庸置疑。这种原料是调香师的色板中最珍贵的一抹色彩，它在香水中得以淋漓尽致地展现。鸢尾精油闪耀着光芒，那粉末感的质地、大地般的气息在肌肤上横行霸道，它就是此类别中的独一无二。少量紫罗兰、雪松与丁香提升了香水的逼真感，还让它增添了一份无与伦比的天然感。

不止于精雕细琢——语言在这里都显得太过苍白无力，这株鸢尾镶满了闪光点。它是莫里斯·鲁塞尔的匠心之作，在香水的结构中，所有拼凑出这株鸢尾的香调都亲密无间、配合默契。由此，前调中呼之欲出的胡萝卜助香水一飞冲天。精致的绿色香调散发出阵阵果香，毛茸茸的麝香则透出微妙气息，两者一唱一和，与此同时，阴沉的木调紧紧捆绑住紫罗兰中调，它又拉起其他伙伴的手，一起躺在狂风吹过的冰冻大地上。

香水带给人们的感觉是独特的，细嗅它的味道，我们感觉自己仿佛身处一片闪着蓝色微光的森林中，抬头凝望云深雾重、星光璀璨的天空。人们的心早已如朽木般平静，银霭鸢尾花深知这一点，懂得抓住机会去施展夺目的光芒。它让人们联想起一片被薄雪覆盖的大地，胡萝卜满心欢喜地披上霜作的衣裳，天空被极星点亮，二月宁静夜晚的一层薄雾笼罩住四方。

凭借自己的美和精准的把控力，银霭鸢尾花脱颖而出，它将自己塑造为有史以来最受瞩目的香水之一。与之邂逅，我们会情不自禁抬起头，任这股薄雾蔓延全身，安静享受这一刻。银霭鸢尾花就是鸢尾家族中屹立不倒的顶梁柱。（亚力克西·图布朗）

灰色鸢尾	银霭鸢尾花	拿撒勒鸢尾
雅克·法特	芦丹氏	阿德斯·维尼塔斯
P.55		

品牌： 让·保罗·高缇耶 Jean Paul Gaultier	调香师： 弗朗西斯·库尔吉安 Francis Kurkdjian	问世时间： 1995	类型： 淡香水

侧面

正面

顶部

标志

Jean Paul GAULTIER "LE MALE"

裸男 LE MÂLE

壮硕馥奇香。1993年，让·保罗·高缇耶推出了自己的第一款女士香水——后更名为"裸女经典"，在祖母身旁长大的高缇耶将自己的童年回忆全部凝聚在这瓶香水中，对于高缇耶来说，它就是陪伴自己的一位伙伴。这位服装师想要再创作一款男士香水，闻起来就像一位胡须短净的时髦绅士，散发着薰衣草香，又透出理发店的气息，还带点性感摩登的体味。

就在这时，BPI集团（让·保罗·高缇耶当时所属的集团）发展部总监尚塔尔·鲁斯与刚刚从奎斯特（如今的奇华顿公司）离职的青年调香师弗朗西斯·库尔吉安相遇了，尚塔尔当即决定委以后者重任。这位调香界新秀从自己钟爱的东方馥奇调中汲取灵感，创作出一种香味组合在经历了后来的打磨与历练后，最终成长为如今人们熟知的这瓶销量冠军。

追根溯源，裸男似乎受到法贝热香槟中那股"剃须泡沫"味道的启发，从香槟中提取一缕薄荷香与茴香，并将所有元素都浸泡在过量的麝香与香豆素中，两者营造出绵密且粉感十足的效果。成果必然是惊艳的：香水的气味古典、疗愈、亲切，又格外摩登、新颖。

香水的瓶身是一位穿着海军条纹衫的"肌肉猛男"，裸男通过这种特别的设计与消费者互动，传递出创作者本人独树一帜的个性。香水中还融入了大量同性元素，然而，作为法国最畅销的香水之一，它很快便冲破束缚，征服了大批直男，从追求男人味的城镇青年到想要释放天性的活力高管，同时还有大批滑板少年，他们认为这款香水有着"恰如其分的清新"，并且很好驾驭。

领头羊、开创者、满脑子灵感、勇于创新、营销达人：我不知道这么多标签中究竟哪一个是裸男的成功秘诀，也许是兼而有之吧。（让娜·多雷）

荣誉：
1996年荣获香水基金会大奖中的最佳香水奖。

卡朗男士
卡朗
P. 47

裸男
让·保罗·高缇耶

梦魅男士
兰蔻

品牌： 爱马仕 Hermès	调香师： 莫里斯·鲁塞尔 Maurice Roucel
问世时间： 1995	类型： 淡香水 香精 香水

侧面

正面

顶部

标志

法布街 24 号 24, FAUGOURG

冻龄珍宝。1995 年，爱马仕向市场推出了一款与当时潮流背道而驰的香水，或许成为了近二十年来大众心中最美丽的一道风景线。香水的名字表明了巴黎这家著名奢侈品店的地址。风信子与橙子为香水前奏定下了绿色的、闪耀的基调。随后，演奏的大幕拉开。法布街 24 号是一场由白色花朵演绎的交响乐，秩序井然，如行云流水一般，所有的香调都各司其职，和谐地交相呼应着：依兰花的绵密与橙花的圆润相得益彰，鸢尾的粉感与茉莉"青涩的白"喜结连理，一切都沐浴在香草温柔的芬芳以及由琥珀与木调构成的尾调之中。香水瓶宛若一方丝巾，让人联想到一扇敞开的窗，它面向春日里明媚的天空。光芒四射，温暖和煦。法布街 24 号的气息独特、香味显著，让人们一嗅便知是它。一丝不苟的优雅从香水中投射出来，像"一串风格时尚、风情优雅的珍珠项链"，但它饱含的情绪与感受并没有因此折损半分，甚至恰恰相反，因为交响乐队的指挥不是别人，正是莫里斯·鲁塞尔，他的作品以圆润饱满著称。与 20 世纪 90 年代的众多香水不同，流行与风潮只是在这瓶香水身边静静淌过，流逝的时间拿它也毫无办法。它与兰蔻的诗情爱意同年诞生，又比纪梵希的女神（同样也是一款以琥珀调橙花为主线的香水）早一年问世，法布街 24 号凭借精良的制作工艺与上述两者区分开来，也正是这份精致守护着香水，使其在任何时期都能免遭浓妆艳抹与打压排挤。这件纯粹的珍宝闪烁着新古典主义的光芒。（约翰·塞尔维）

她们曾用过：
凯茜·贝茨
戴安娜王菲

爱慕	法布街 24 号	女神
纪梵希	爱马仕	纪梵希

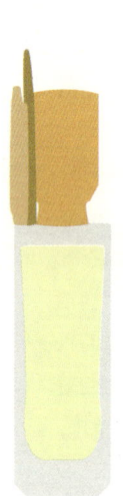

品牌：	调香师：	问世时间：	类型：
高田贤三 Kenzo	多米尼克·罗皮翁 Dominique Ropion 让－路易·修扎克 Jean-Louis Sieuzac	1996	香水

侧面

正面

顶部

标志

KENZO PARIS
PARFUMS

丛林 KENZO JUNGLE

灵魂森林。1996 年，丛林问世，它最初名为丛林大象（1997 年，品牌还推出过一个名为丛林老虎的版本，没有引起太大火花），香水的异域风情与多元文化色彩，完美贴合了这位时装设计师的创作风格。它绘制出一番未经开垦、光怪陆离的景象，却是以合成图像的形式呈现。香水名喻示着纯天然，但与之南辕北辙的是，丛林的气味极为大胆跳脱，它也因此与 20 世纪 80 年代横空出世的气味坦克们志同道合，这一批声势浩大的香水总是让人未见其人先闻其味。

满满的辛香料（小豆蔻、孜然和丁香）散发出一股辛辣、刺激又繁复的气息，辣味直冲鼻尖，随之迸发出一股李子香，人们立刻联想起著名的熊果酸基底，它是德莱尔公司的独门秘籍。橘子与芒果的加入使丁香那股猛烈刺鼻的苦味愈发燥热，在美味的甘草的作用下，水果们又趋于温润柔和。这股美味的气息很快就让位于干燥的木调基底。这时，依兰花与天荠菜送来一抹绵软的温柔，在广藿香、喀什米尔木香以及香草琥珀的浸淫中，这股醇厚的牛乳香变得真实可感。

诚然，香水如瓷器店里的陶瓷大象般脆弱，它的品位也与东拼西凑着媚俗艺术品的浮华内饰相差无几，但是它的辨识度仍然堪称千里挑一。此外，大量香料的堆砌使它在让我们舒心的同时又总能带给我们意外的惊喜；像雨天室内的一杯热茶，也似朋友的肩膀，笨拙却温暖可靠，哪怕在你人生中的至暗时刻，它也一直坚守在那里。

是的，香水中确实有些过量的成分（可能两倍，可能千倍），但正是它的最大化主义、它的盈余满溢以及它的深渊巨口才造就了香水的独一无二，人们因此迫切地想要留它在身边，一遍又一遍地探索其中的奥秘。（托马斯·多曼格）

她曾用过：
伊丽莎白·泰勒

林之妩媚 ———— 丛林 ———— 白色晚香玉
芦丹氏   高田贤三   回忆
P. 149

品牌： **古特尔** Goutal Paris	调香师： **伊莎贝尔·杜瓦扬** Isabelle Doyen **安霓可·古特尔** Annick Goutal
问世时间： 1996	类型： **淡香水**

侧面　　　　　　　　　　正面

顶部　　　　　　　　　　标志

GOUTAL

PARIS

南方之水 EAU DU SUD

夏日记忆。当人们闻到这瓶清新的西普调香水时，一定会认为它是一款诞生于 20 世纪 60 年代末的经典之作，是清新之水的近亲。实际上，这款品位上乘的佳作问世于 1996 年，是古特尔品牌最美的作品之一。虽然名气远不及哈德良之水，但它完全值得人们更多的关注。香水绽放出开怀的笑颜，香柠檬、柠檬、柚子的光芒与薄荷的清新共同谱写出一段直爽、活跃、豁达并且酸酸甜甜的前奏，香水用芳香调（罗勒、马鞭草）装点自己，一片普罗旺斯夏日美景立刻尽收眼底。随着香根草、苔藓与广藿香的到来以及几缕微妙皮革香的造访，香水逐渐变得深沉，比起传统的西普调香水，它又多了几分率直。香水的余韵十分迷人。南方之水让人联想起这样的时刻：太阳渐渐消失在云层后面，厚重的空气引来一场雷雨，大滴的雨点慢慢在路面上汇聚成一条水流，彻底激发出大地、野草与柏油的味道。后来，迪奥又为清新之水（2010）重新改写了上述这番风景，给它额外勾勒出一片广袤的田野，但早于清新之水的南方之水让我联想起雅克·德雷的电影《游泳池》，影片摄于 1968 年的 8 月到 10 月之间，取景地为拉马蒂埃尔。故事在圣特罗佩夏季的烈日炎炎中展开，在那里，诱惑、无忧无虑与性感、美好的肉体相互交融，随后又消逝在了渐浓的秋意中，秋日更添几分忧郁，天气的变化与故事悲伤的情节同步推进着。南方之水属于标准的古典系香水，这一类香水纯粹且精致、典雅又慵懒，似乎总带给人们似曾相识的感觉。正是这份熟悉感造就了南方之水的治愈、迷人与无可替代。（约翰·塞尔维）

他们曾用过：
妮可·基德曼
普林斯
史蒂文·斯皮尔伯格
蒂娜·特纳
汤姆·克鲁斯

清新之水 ············ 南方之水 ············ 摩洛哥柑橘
迪奥　　　　　　　　古特尔　　　　　　　帝国之香
P. 81

品牌：	调香师：	问世时间：	类型：
洛丽塔 Lolita Lempicka	安霓可·梅纳尔多 Annick Menardo	1997	香水

侧面

正面

顶部

标志

Lolita Lempicka

一号香水 MON PREMIER PARFUM

梦幻童话。人们总嘲讽洛丽塔的一号香水是天使的低配翻版，原因显然在于前者有着与天使如出一辙的糖果味美食调，且它的蓝紫色也在货架上显得格格不入。但是还有什么别的吗？一号香水畅快地遨游于这方复古的温柔时空里，在那里，天使凭借体内过量的广藿香展现出更加抢眼的个性。而这两款香水都不疾不徐却又胜券在握，一点点抓住了各自消费者的心。得益于自己描绘出的景象以及传递给人们的梦境，一号香水连续几年都在法国香水热销榜中占有一席之地，这倒是令它的创作者大感意外，这位跨界的成衣制作商在1997年推出这款香水时，完全没有料想到它会大获成功。香水飘浮于一个梦幻般的仙境世界，泛着紫色、嫩绿色与金色的光芒。它的核心灵感来源于童年回忆，通过甘草柔和的香调以及混着香草、天荠菜、紫罗兰与杏仁糖味道的茴香呈现在大众面前，营造出一种浑然天成的美味效果。不过整瓶香水既不会一泻千里更不似涓涓细流，而是在绿色调与木调的支撑下，挺立着纤细的身躯。作为九十年代末与千禧年初交界时期的代表作，人们能在当时所有的初高中校园里嗅到它的存在，如今，一号香水似乎已经不幸沦为时代的弃儿，大众香水界的升糖指数也随着时间的流逝达到了一个前所未有的新水准。（约翰·塞尔维）

荣誉：
1998年荣获香水基金会大奖中的最佳女士香水奖。

更新换代：
2016年，洛丽塔退出爱茉莉太平洋集团，成立了自己的独立香水品牌。2017年，品牌重新推出这款香水，并为其换了一个更加棱角分明的新包装。香水仅在诺丝贝*出售。在改版的同时，它的香味也发生了一些变化。比如香水中的果味（樱桃）与香草味更加浓郁，新版本更具辨识度，但比起原版少了一些特色与性感。

* 诺丝贝（Nocibé）与丝芙兰（Sephora）、玛莉娜（Marionnaud）并列为法国三大美妆连锁店。

蓝调时光　娇兰　P. 27

一号香水　洛丽塔

小黑裙　娇兰

| 品牌：
宝诗龙
Boucheron | 调香师：
安霓可·梅纳尔多
Annick Menardo | 问世时间：
1998 | 类型：
淡香水
香水 |

侧面　　　　　　　　　正面

顶部　　　　　　　　　标志

BOUCHERON
PARIS

香颂男士 JAÏPUR POUR HOMME

宝莱坞理发师。人们一致公认，安霓可·梅纳尔多在20世纪90年代的男香界留下了浓墨重彩的一笔。自信、猛男、洛丽塔同名男士香水，三者都是出自她手的男香，不仅独特还颇为畅销，如果说它们在大街上总能被人们轻易察觉，那么与之相比，香颂男士则要低调许多，然而这并不妨碍它展现自己的非凡魅力。

宝诗龙的这件作品，有着简单而稀缺的美，20年的岁月都没有让它增添一条皱纹，毋庸置疑，它是香水界的一件无价之宝，但在男士香水货架上，人们却总是忽视它的存在。这一款充满粉感的东方馥奇调香水从同类别的经典大作（香槟、帕高男士）中汲取了灵感，同时它也受到几位热门前辈的影响（鸦片、激情男士），不过得益于本身辛辣、脂粉味足的香调，它闯出了属于自己的一片天，正是这两种香调赋予香水一抹来自印度的东方色彩。

香水的前调由香柠檬、柠檬以及天竺葵构成，清新且花香四溢，让人们差点误以为这是一款娇兰出品的香水，但是很快这股味道就被丁香、小豆蔻以及肉桂刮来的一阵热风卷走。香草、安息香与香豆素化身为一团复古风爽身粉，如丝绒首饰盒般锁住芳香、辛辣的香调，那种柔滑细腻的感觉还近似于理发师手中的泡沫，这是一间幻想中的印度发廊，地处拉贾斯坦邦。作为一款集完美、优雅、精致、复古以及小众等品质于一身的永恒经典，香颂男士值得我们细细品味、悉心珍藏。

人们一般在货架上可以找到这款香水的两个版本：如果说淡香水版带着柑橘调的那份活泼清新，又拥有粉感绵密的尾调，那么香水版则将辛香料运用得淋漓尽致，它们的火热渗透进肌肤，经久不散。（让娜·多雷）

荣誉：
1998年荣获香水基金会大奖中的最佳男士香水奖。

鸦片男士　　　　　香颂男士　　　　　午夜巴黎
圣罗兰　　　　　　宝诗龙　　　　　　梵克雅宝

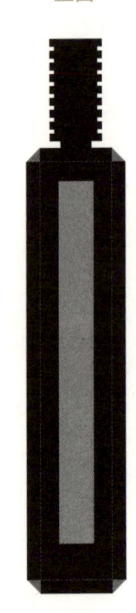

品牌： 芦丹氏 Serge Lutens	调香师： 克里斯托弗·谢德雷克 Christopher Sheldrake	问世时间： 1998	类型： 香水
侧面		正面	
顶部		标志	

忽必烈麝香 MUSCS KOUBLAÏ KHAN

驯化的猛兽。 当白麝香凭借自己的疗愈力在 20 世纪 90 年代的香水市场中叱咤风云时,芦丹氏按捺不住了,他在 1998 年决定以"肮脏"、兽性的麝香为主题推出一款香水,以抗击这波卫生感热潮。乙醛缓缓拉开高潮序幕;麝猫的味道近似于体香,作为香水中最隐秘的存在,它几乎完全被人们忽略;海狸香散发出动物皮毛、墨水以及皮革的气味;闭鞘姜闻起来就像皮脂和油头;黄葵种子让人联想到东京麝香中的馥郁花香;龙涎香透出碘盐的气息;岩蔷薇与香草的加入,使香水愈发浓郁;广藿香又带来了一股既芬芳又持久的泥土霉味……

这是一场如火如荼的真正较量。人们脑海中浮现出一个关着许多动物的大笼子,动物们只只栩栩如生,整个场景画面感十足,令人提心吊胆,同时,大家又压抑不住内心的激动之情。紧接着,动物们渐渐平静了下来,它们保持着同样的姿势,倚着一株暗淡枯萎的玫瑰,似乎正安静地睡去。动物们耍完威风后,余下一瓶散发着阵阵体味的香水,它热情又温柔,还透出琥珀与皮革香,二者点燃了感官,却不会对其施以凌虐。动物和你背靠着背紧贴在一起。然而,你会惊奇地发现,自己怎么也无法将脸颊贴近它们的皮毛。

香水气味甜蜜,带着股可可香,微微回甘的感觉让初始时万箭齐发的那波猛烈冲劲平和下来。香水霸气留香数小时,但在气味由浓转淡的过程中,我们能够完全沉浸在这段奇幻之旅中,并且不会打扰周遭世界。跌宕起伏、气势汹汹又难以驯服,香水唤醒了我们体内的兽性与多样性,又引领我们走进内心,发掘我们被压抑的欲望以及自己与他人的关系,回应我们的诉求和渴望、我们的得与舍,探寻外部世界与自己的内在美。(托马斯·多曼格)

我的罪 ⋯⋯⋯⋯⋯⋯ 忽必烈麝香 ⋯⋯⋯⋯⋯⋯ 狂野麝香
浪凡　　　　　　　　芦丹氏　　　　　　　　馥马尔
P. 261

品牌： 卡地亚 Cartier	调香师： 让－克罗德·艾列纳 Jean-Claude Ellena

问世时间： 1998	类型： 淡香水

侧面

正面

顶部

标志

Cartier

宣言 DÉCLARATION

美味香料。让-克罗德·艾列纳曾耗费多年心血，专注于为宝格丽调制一缕抽象、温润又纯净的茶香，此后，他又为卡地亚效力，带来了一份经过深思熟虑的宣言，香水用细腻的笔触将木头与香料完美调和。

宣言的香调无懈可击，调协圆满，清新调、辛辣调、木调以及花香调和平共处，彼此亲密无间。生姜和小豆蔻、冷酷又刺鼻的香料，它们与少许的孜然作伴，为前调送去一抹异域风情，香柠檬、橘子和薰衣草精油的出现又差点将这份异域色彩掩盖。芳香柑橘调预报着茶味降临，后者由二氢茉莉酮酸甲酯、紫罗兰以及马黛茶组成，艾蒿让茶香经久不散。随着薄荷与果皮的到来，艾蒿与木调完美衔接，香水中的其余原料全都听凭木调的指挥调度。雪松、愈创木、香根草、广藿香四者均匀的色调与前调中明媚的香料情投意合，在身后留下了一缕华贵优雅的余韵，少许橡木苔又为它增添了一抹色彩。宣言有着经典大作的风采，应该被温柔相待，它值得人们的再谱写与再解读。香水在祥和的氛围中娓娓道来自己的故事，使人们既能全方位了解它，又不会对它产生任何误读曲解。

就像解开作家的写作套路一样，我们在宣言中也能再次发现这位调香师的压箱宝：茶香。毋庸置疑，他同时在向辛辣清新调香水致敬，该香调也是调香师一直以来研究的对象，最后还少不了木调，它是男香世界里不可或缺的支柱。总的来说，宣言让茶类爱好者得到满足，实现了对美味的追求，完成了对极致的探索，就连最挑剔的鼻子都拜倒在它面前，所有对精致的渴望也全都归于圆满。香水不断地被效仿借鉴，但真正能还原它的精准度与敏锐性的模仿者寥寥无几。（亚力克西·图布朗）

爱马仕之水　　　　　　宣言　　　　　　　　大地
爱马仕　　　　　　　　卡地亚　　　　　　　爱马仕
P. 63　　　　　　　　　　　　　　　　　　　P. 211

| 品牌：
迪奥
Christian Dior | 调香师：
安霓可·梅纳尔多
Annick Menardo | 问世时间：
1998 | 类型：
淡香水 |

侧面

正面

顶部

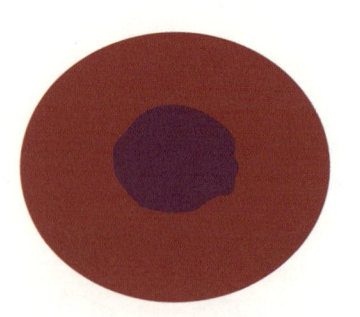

标志

Dior

红毒 HYPNOTIC POISON

红色恶魔。如今已经成为当代香水界经典之作的红毒,无疑是毒药的最佳继承人之一,作为1980年代香氛界的中流砥柱,毒药冲动的个性完全遗传给了红毒。红毒比穆勒的天使晚六年诞生,它的出现壮大了东方美食调的队伍,该香调在当时仍相对处于边缘地位。这一系列香水在面世时并没有进行铺天盖地的宣传,多亏了大众的口耳相传、香水自身千里挑一的辨识度,以及它无可挑剔的用户黏性,红毒才得以成为克里斯汀·迪奥麾下的一位销量冠军。

安霓可·梅纳尔多曾表示,红毒的部分灵感来源于香水界的一件经典大作——丹娜的独木舟(1936),后者属馥奇调,散发出杏仁香与香草味,人们在初闻红毒时嗅到的那股杏仁甜烧酒般的味道就出自于此,杏仁的苦涩在让牙齿咯咯响的同时,又使得口水止不住地哗哗流。香水中的某些成分属美食调,它们呈粉末感又带着甜味,与这股美味相对的,是一张冷硬面孔,它绿意盎然,散发出呛人的八角味,气味近似于塑料,人们不由得联想起指甲油与樱桃核。人们往这口魔法小锅中投入干果、茉莉花瓣、几片檀香木屑、椰子以及香草荚。

红毒不易亲近,毕竟其中杏仁苦涩的气息太过浓郁——尽管近几年里这股苦味已得到微微弱化。在阿加莎·克里斯蒂的小说中,空气中飘浮的细微杏仁味可以揭示氰化物的存在,红毒是否在不经意间向她的悬疑故事致敬呢?这是一款集性感、宜人、暴戾与粗蛮于一身的香水,多重特质使它格外迷人。2014年,红毒的香水版本问世;比起原版,它少几分代表性,但香水中的美食调与共情性得到强化。(约翰·塞尔维)

她们曾用过:
莫妮卡·贝鲁奇
米拉·乔沃维奇
麦当娜

独木舟 ——————— 红毒 ——————— 丝巾
丹娜　　　　　　　迪奥　　　　　　　爱马仕

品牌：	调香师：	问世时间：	类型：
芦丹氏 Serge Lutens	克里斯托弗·谢德雷克 Christopher Sheldrake	1999	香水

侧面

正面

顶部

标志

罪恶晚香玉 TUBÉREUSE CRIMINELLE

熟龄女杀手。晚香玉属于那种让人无法淡定的神秘花朵。对于有些来说，晚香玉魅力难挡，但另一些人则对它甚是反感，反响太过"两极分化"了，调香师们常常这样评价它。无论我们喜欢它亦或是厌恶它，晚香玉都毫不吝啬地施展自己撩人的魅力……前提是它还没有完全暴露自己破坏者的本性。

晚香玉的气味无比强劲、复杂，因此在香水中，人们通常只解放出其中的华美因子。而罪恶晚香玉则逼迫芦丹氏调用了自己所有的夸张功力与看家本领。香水的开端极为凶悍，克里斯托弗·谢德雷克在鬼使神差之下，一股脑儿将晚香玉中天然的樟脑味全部释放出来，任其嘶吼叫嚣。这种药剂般的气味与薄荷醇香调相接，后者苦涩且带着淡淡烟草味，分量更是几乎达到了致命的程度。我们，已然，处于自相矛盾的困境中。在芦丹氏的作品中，没有一件如晚香玉般热衷于招蜂引蝶，在大众心中，这种花朵最是粗鄙不堪、恬不知耻。这朵魅惑之花没有大张旗鼓地宣扬个人魅力，反而将所有为人诟病的缺陷视作自己最美的一面。

在经历了最初的愤怒与狂躁之后，晚香玉终于盛放。我们几乎看不出它曾经的那份恣意妄为，因为有了茉莉与橙花的加持，香水的味道更加芬芳也趋于柔和。一株青绿色的风信子茕茕独立，它与气味细微的香草以及一股接近皮革调的香味形成了鲜明的对比。此时的晚香玉让人联想起体香，它保留了自己的全部风采，几乎叫人们认不出它。这份美是一种奖赏，奖励给那些没有因为晚香玉最初粗暴专断的独角戏而就此止步的人，这朵花本不想轻易交出打开门锁的钥匙。罪恶晚香玉考验着我们，又选择了我们。那些最耐心又最大胆的人，他们，只有他们，才能够品味到香水毫无保留的美。（托马斯·多曼格）

毒药 ———————————— 罪恶晚香玉 ———————————— 晚香玉时装
迪奥 　　　　　　　　　　芦丹氏　　　　　　　　　　皮埃尔·纪尧姆
P. 131

2000
↓

小众香水的觉醒

↓
2009

2000—2009. 对回归价值与传统的渴望引领着香水界投身于一场经典法则的复兴。大批"新西普调"女香随之涌现，它们受到传统结构的启发，同时又有果香调与花香调元素的点缀，还有麝香温柔的怀抱。在它们看来，美味的东方调与果味的花香调总能赢得人们的青睐。

然而，面对大众市场的同质化，21世纪的头十年凭借一种新兴的香水类型脱颖而出，它自成一派、标新立异，被人们称为"小众香水"。

无论是出自新品牌，还是诞生于更为小众的古董香水店，抑或是作为大品牌香水中的独家系列推出，这些中性香水，都与周遭的市场法则格格不入，它们更加注重香水的质感，并且着力于凸显调香师本人的看家本领。

这股声势浩大的逆流在00年代尾声掀起惊涛骇浪，与此同时，新上市香水、同系列香水以及限量版香水的数量也在与日俱增。

品牌： 高田贤三 Kenzo	调香师： 艾伯特·莫瑞拉斯 Alberto Morillas	问世时间： 2000	类型： 香水 淡香水

侧面 | 正面

顶部 | 标志

KENZO PARIS
PARFUMS

花样年华 FLOWER BY KENZO

复古虞美人。继丛林、水与大海之后，高田贤三又想要借花样年华还原一朵花，并将它的一方花花世界呈现给大众。精致、娇弱却无味的虞美人被选中，我们流连于这个由艾伯特·莫瑞拉斯精心打造的梦幻世界中。

花样年华让我们的鼻子产生错觉，误以为自己穿越到了祖母浴室的抽屉中，那里摆放着年代久远的香粉以及几支略显过时的口红。香水中有一股难以模仿的麝香味，夹杂着玫瑰与紫罗兰香，人们甚至还能在其中嗅出一点蜡与油的香调，香水的气味直击心灵，拨动了人们心中那根思乡的弦。

如果说这种"老派"化妆品的独特气味构建起香水的主体，那么其他所有的点缀物则带着更为前卫的眼光为这件复古之作画上点睛之笔。实际上，玫瑰与紫罗兰这一经典组合总跟随着时代的变迁不断被改写，无论是战前的娇兰和卡朗，抑或是20世纪80年代形形色色的香水店，它们都曾对其下手。在这瓶香水中，人们能感受到气味的性感，但更耀眼的是它的奔放，这完全归功于粉红胡椒、黑胡椒以及隐隐散发出果味的紫罗兰的参与。整瓶香水以宜人的东方调作为基底，大秀性感与温柔，其中，香草、香豆素、少许八角味和杏仁香与紫罗兰的粉末感相得益彰。花样年华保留了这份绵密又近乎油腻的质感，仿佛用口红在孩童的脸颊上画了一笔。

花样年华的成功经久不衰。它逐渐成为品牌的当家花旦，在之后的创作中，高田贤三依旧延续了同样的舒适理念与精致内核。如今，花样年华更是全世界公认的经典之作。（亚力克西·图布朗）

荣誉：
2001年荣获香水基金会大奖中的最佳女士香水奖。

皇室香浴	花样年华	爱在花漾
卡朗	高田贤三	蔻依

品牌：	调香师：	问世时间：	类型：
穆勒 Mugler	艾伯特·莫瑞拉斯 Alberto Morillas	2001	淡香水

侧面

正面

顶部

标志

MUGLER COLOGNE

青净古龙水 COLOGNE COME TOGETHER

反叛之绿。 对于蒂埃里·穆勒来说，在巅峰之作天使问世十年后，再携新作重回市场实属冒险之举。

他选择了一款中性香水，从任何角度看都与前作截然不同，唯有一处例外：二者都致力于重现童年记忆中那些逝去的味道。具有简单且干净的清新感的古龙水因而成为了不二之选。洁净的肌肤给予了香水灵感，它容身于一个"实验室风"的细颈玻璃瓶中。

古龙水香调在传统的柠檬、橙花以及香柠檬气息中复苏，另一种香调的到来又使其愈发浓烈，这种香调绿油油、脆生生的，还散发出刚割过的草地气息。传统的古龙水通常由转瞬即逝又极易挥发的柑橘调组成，它只能在肌肤上停留短短的一小段时间，这瓶青净古龙水则与之相反，得益于体内蕴含的大量麝香，它的留香时间被大大延长，还产生了如熨斗般火热且颇具金属感的效果，并散发出一股体香。传闻香水中含有一种新的气味因子，人们称之为"s"，据说，"s"因子代指的是"精液"，抑或是"特方"，但它最有可能仅仅指代某种配比精妙的麝香混合物，麝香能营造出火热、有机以及性感的效果。举例来证明，我们在香水中找到了过量的环十五烯内酯，这是一种化合麝香，带有金属调、木头质地以及蜡感。

总之，尽管青净古龙水没有赢得消费者的青睐，它中性的清新感与撩人的性感还是得到了行家们的认可与欣赏，无论使用者是男性还是女性，香水都在其身上展现出同等的优雅与低调。青净古龙水问世时，清新调香水早已不再流行，但它又重新创造出一种引人效仿的风格。我们可以在其他香水中发现同样麝香四溢、肉欲满满的火热感，以及同样澄澈摩登的清新感，比如阿玛尼的白色女士、宝格丽的白茶以及香邂格蕾的紫苏芬芳。（让娜·多雷）

更新换代：

2019年春，穆勒用"在一起"（come together）这个名字重新推出青净古龙水，与之同步推出的还有4瓶新款古龙水。

古龙水 ——————————— 青净古龙水 ——————————— 永恒古龙
4711　　　　　　　　　蒂埃里·穆勒　　　　　　　　馥马尔

| 品牌：
圣罗兰
Yves Saint Laurent | 调香师：
雅克·卡瓦利耶－贝勒特
Jacques Cavallier-Belletrud
艾伯特·莫瑞拉斯
Alberto Morillas | 问世时间：
2002 | 类型：
淡香水 |

侧面 | 正面

顶部 | 标志

M7 绝对乌木 M7 OUD ABSOLU

　　裸木。M7 在汤姆·福特的艺术指导下完成，作为色情风潮之父，他为圣罗兰贡献了自己的男香首作。这款木调香水新作与男男世界风尚完美融合，并且自问世以来，始终致力于还原一个炽热又性感的男性世界。

　　汤姆·福特的灵感来源于自己在 20 世纪 70 年代时被曝出的一张丑闻照片，照片上的他赤身裸体，只戴着一副大眼镜，于是在设计师的精心构思下，不着寸缕的跆拳道冠军塞缪尔·德·库伯出现在了香水的黑白广告中，广告极具美感，笼罩着阴影却又不失大方。设计师还要求艾伯特·莫瑞拉斯以及雅克·卡瓦利耶-贝勒特两位调香师完全以这张广告照为依据，创作出一款悖逆不羁且色气满满的香水。

　　M7（此代号原代指品牌的第七款男香，后来成为了该香水的官方名称）属于那一类尽管销量不尽如人意，却在香水界留下了浓墨重彩的香水。最初便已定下木质基调的它，破天荒地选用乌木作为香水的主角，这是乌木在大众面前的首次亮相，香水的结构打破了当时市场中的千篇一律，十年后，这种结构更是彻底在香水界站稳了脚跟。集克制与放肆于一身，乌木时而沉默隐忍，只随着莎草散发出零星烟草味，时而活泼明媚，与短暂的前调一起充分释放自我，这股由柑橘和迷迭香构成的前调还透出淡淡的药味与微微的苦涩。聚光灯下的乌木还会四处找寻它那皮革味道的、干燥又泼辣的天性，它与有着大地气息的香根草结合，又与气味干净的麝香相融，麝香使得香水得以圆满收官。几缕琥珀香的到来让先前的神秘烟草味趋于完整，让人联想起近似于体香的乳香。

　　短暂退隐后，香水又以 M7 绝对乌木的名字重出江湖，诚然，这个名字的意图更加明确甚至还有些投机取巧，但它也恰恰凸显了这件作品走在时代前列，慧眼如炬。（亚力克西·图布朗）

她曾用过：
艾玛纽尔·塞尼耶

荣誉：
2003 年荣获香水基金会大奖中的最佳男士香水奖。

琥珀君王 ·················· M7 绝对乌木 ·················· 烟草乌木
芦丹氏　　　　　　　　圣罗兰　　　　　　　　　汤姆·福特
P. 155

品牌：	调香师：	问世时间：	类型：
皮埃尔·纪尧姆 Pierre Guillaume Paris	皮埃尔·纪尧姆 Pierre Guillaume	2002	淡香水

侧面

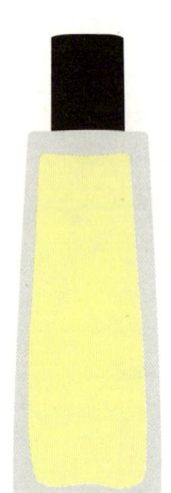

正面

顶部

标志

PierreGuillaume
PARIS

茶话 COZÉ

萨满巫师。皮埃尔·纪尧姆在 2002 年决定要还原父亲乌木雪茄盒的味道,这位 25 岁的年轻化学家自幼就是个原料收藏迷。把私人气息锁进香水瓶中,这个目标促成了茶话的诞生,皮埃尔·纪尧姆香氛品牌的起点也始于此。

茶话绝不属于以纯粹模仿见长的自然派香水,它是一件直觉的、别出心裁的作品。一股灵动悠远的香料味道奏响了香水的序曲。粉红胡椒、胡椒与辣椒在精油的作用下如烟花般绚烂绽放,这是从印度大麻中萃取而得的印度大麻精油。氤氲的茶话泛着黄绿色的幽光,让人联想起萨满巫师,他与灵魂对话,使精神升华。

自由狂放的前调不断攀升,随后,茶话从树液的青涩过渡到干草的金黄。巧克力香调与苦咖啡的草本味道融合,香水逐渐暖和起来。干燥的广藿香与大麻无缝对接,实现了气味向木调的转换,香水被引入一方陆地世界。最后,雪茄盒终于浮出水面,盒子里静静躺着一支满身灰尘的金雪茄,它似乎已经在这个古老的柚木匣子里尘封了许久。紧接着,香草混入巧克力中,在肌肤上留下一道温柔又火热的印记,令人垂涎不已。

出神入化、高调张扬、衣冠楚楚,茶话流畅地完成了两段大动作:它迸发、升腾、绽放,随后又化作碎片温柔地坠向大地,烟花一场,最终灰飞烟灭。非典型的形式、自相矛盾的本质以及美味的结局,茶话的这些特质几乎代表了整个香氛品牌。(克莱拉·穆勒)

天使男士 　　　　　茶话　　　　　　陶醉
蒂埃里·穆勒　　　　皮埃尔·纪尧姆　　克利安

品牌：	调香师：	问世时间：	类型：
馥马尔 Éditions de parfums Frédéric Malle	爱德华·弗莱希埃 Edouard Fléchier	2003	香水

侧面　　　　　　　　　　　正面

顶部　　　　　　　　　　　标志

EDITIONS DE PARFUMS
FREDERIC MALLE

一轮玫瑰 UNE ROSE

肉体与大地之间。有一些香水,总能被人们轻易看透,只消用几个简单又具象的字与形容词,就能将它们抽丝剥茧:"这款香水里有柠檬、紫罗兰、檀香……"还有一些香水,则显得难以捉摸,我们的大脑似乎突然被困在一个完完全全由情绪掌控的牢笼中,对于自己究竟闻到了什么味道,它不再能给出确切的答案。我第一次闻到爱德华·弗莱希埃的作品一轮玫瑰时,就产生了这样的感受。是的,当然,我闻到了玫瑰香,但是当需要我更加准确地描述香水的味道时,我望而却步了,相较于鼻腔里这股令我难以招架的浓郁气味,语言顿时显得苍白无力,香味简直在洋洋得意地羞辱我。

一轮玫瑰不是一株寻常的玫瑰,它首先是当之无愧的纯香,这杯气味甜蜜、颜色蜡黄的琼浆价格接近三千欧元一千克,因此我们不可能在任何一家丝芙兰中寻觅到它的踪影。它更是气味的具象化体现,代表着一种氛围、一份精神、一方空间,在那片空间里,有缀满露珠的粉色与红色的花瓣,有绿叶、湿漉漉的根茎、颗粒分明的花粉,还有琥珀味的蜂蜜、泥土味的松露以及单宁充沛的红酒。

当我们喷上一轮玫瑰,空气都变得厚重、稠密,但这绝不是什么缺点,只消闭上眼睛细嗅,我们就会立刻穿越进一个云雾缭绕的虚幻花园中,它超脱于时间与空间,我们沉浸在这个朦胧的梦里,忘记了周遭一切,不再试图寻找无力的词藻来描绘它,此刻,言语是多余的。(让娜·多雷)

芳香精粹 ········ 一轮玫瑰 ········ 龙与玫瑰
倩碧　　　　　　馥马尔　　　　　　解放橘郡
P. 97

品牌：	调香师：	问世时间：	类型：
纳西索·罗德里格斯 Narciso Rodriguez	弗朗西斯·库尔吉安 Francis Kurkdjian 克里斯蒂娜·纳格尔 Christine Nagel	2003	淡香水 香水

侧面

正面

顶部

标志

narciso rodriguez

为她 FOR HER

西普云。 当设计师纳西索·罗德里格斯推出第一款香水时,整个香水界都随之天翻地覆。欢呼声、喜悦与欣慰的叫喊声不绝于耳,大街小巷间的窃窃私语也接连不断:"终于又有一款韵味十足的西普调香水诞生了!"香水的灵感来源于服装设计师本人珍藏的一瓶麝香精油,并由克里斯蒂娜·纳格尔携手弗朗西斯·库尔吉安打造完成,它成功地为这种最具西方色彩的香型添上了现代的一笔。

香水的主体是早已过时的西普调,依托于充满粉感以及植物感的洁净麝香,它承载了满满的回忆,唤醒人们记忆中消逝的巴洛克世界,这个世界如今又在灰烬中得以重生。铃兰、玫瑰与百合的纯净的香味引出花香中调,甜蜜丝滑的桂花如众星捧月般,它的存在使这束洁白又毛茸茸的花更添几分圆润柔和。绿色香调为花朵送去明媚,让人不禁联想起折断的树枝,白色花朵的光芒驱散了过量的广藿香带来的阴暗,香水在微微的琥珀香中悠远流芳。除去这份明媚与圆滑,为她还不逊于一记猛烈的球,力量非同小可。在大量的麝香中,散发出迷人果香的黄葵与如动物般低吼的粉感麝香僵持对峙;而白麝香的洁净则与广藿香的泥土气息激烈碰撞。香水的构造是那么地缜密、宜人,让人不敢相信它早在 2003 年就诞生了。

喷上为她,必定让人过"鼻"不忘,它的圆滑使得每一个与之邂逅、向其致意的人都感到如沐春风。它的出现让人眼前一亮,成功地火遍全球。香水的精工细作与巧夺天工使它成为近年来最伟大的香味创作之一,也让纳西索·罗德里格斯一炮而红,此后,这个品牌不断为我们的鼻子带来新惊喜。(亚力克西·图布朗)

她们曾用过:
林赛·罗韩
萨尔玛·海耶克

荣誉:
2005 年荣获香水基金会大奖中的最佳女士香水奖。

芳香不老药
倩碧
P. 97

为她
纳西索·罗德里格斯

爱朵
娇兰

| 品牌：
阿蒂仙之香
L'Artisan parfumeur | 调香师：
让－克罗德·艾列纳
Jean-Claude Ellena | 问世时间：
2003 | 类型：
<u>淡香水</u> |

侧面

正面

顶部

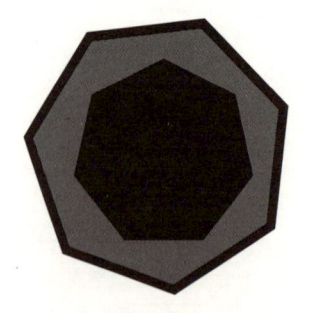

标志

白树森林 BOIS FARINE

面包树。当阿蒂仙之香向让－克罗德·艾列纳发出邀约，意在与其联手创作一个名为"调香师在旅行中窃取的气味"的新系列时，后者翻了翻手中的 Moleskine 笔记本，找到了其中记录的关于某种叫做 Ruizia Cordata 的植物的相关资料，这种植物又名"白树"。他在留尼汪岛偶然遇见这种树，上面开着粉色的花，花朵的味道让他联想到面粉。据说，这种树的枝干有神奇魔力，将其折断并浸泡喝下可以治愈一切伤痛。调香师灵光一现，香水的名字也呼之欲出：白树森林。香水凝集了艾列纳的聪明才智，闻到它，人们脑海中会冒出一双正在揉着蛋糕面团的手——正如克洛德·努加罗的歌曲《面粉中的女人手》所营造的画面，但实际上，香水中不含任何美食调的、甜腻的亦或是琐屑的元素。相反，香水的气味复杂、微妙，甚至还透着体香，它抽象又难以捉摸，就像是送到嘴边来吊人胃口的美味。

香水的前奏让人联想起干果：比如杏仁粉或是烤榛子，微微带着点苦味与果味。环乙酮，这种散发出鸢尾、燕麦以及小麦味道的分子，也为香水增添了一抹色彩。香豆素紧接着为香水送去一股粉末感，如烟草和干草般干燥，还透出草本气息。随后，"淀粉"香调终于粉墨登场，它充满矿物感，近似于宝宝的爽身粉。又过了片刻，绵密的木调（檀香、香根草）姗姗来迟，香水随之增添了几分阴郁，飘起淡淡烟味，全麦气息微微渗出，这是黑麦面包的味道。

白树森林仅仅由不到十种原料组成，但它仍不失为一件精巧又极富创意的佳作，它总是羞涩静默地吐露着芬芳，却又如冬季星期日里的一缕蛋糕香，缓缓地融化在你的肌肤之上。（让娜·多雷）

白树森林	波斯杏仁	欧巴德
阿蒂仙之香	香榭格蕾	欧巴德

品牌：	调香师：	问世时间：	类型：
爱纳克斯 Iunx	奥利维娅·贾科贝蒂 Olivia Giacobetti	2003	香水

侧面

正面

顶部

标志

IUNX
PARFUMS PARIS

苍穹 L'ÉTHER

藏红花之雾。我们可以在爱纳克斯的香水中探寻奥利维娅·贾科贝蒂视若珍宝的整片天地,那里有一块由木调、矿物调以及植物调拼凑而成的调色盘,色调精美、搭配均衡。一切都沉浸在随苍穹而来的这团醉人的乳香漩涡中。

如果说有些香水给人留下云雾缭绕的印象,那么苍穹一定在其中位列榜首。一团弥漫的浓雾,时而呈白色,时而呈灰色,让人担心会有寒冷侵袭,但这不可能发生:从前调直至尾调,苍穹始终一成不变,它可以在你的肌肤或是衣服上停留数小时甚至是连续多日。乳香搭建起香水的骨骼,带着粉感与花香的轻烟又为它增色,一阵馥郁芬芳的味道在鼻尖萦绕,其中掺着香膏、树脂以及散发出神秘异香的木头。藏红花——贯穿香味的灵魂人物,它火药般的气息荡气回肠,与几抹玫瑰香交相呼应,随后又穿过层层透亮的乳香云。树脂给香水增添了一份圆润:辛辣的安息香如糖浆一般,没药若隐若现,两者相互交融,展现出惊人的平衡。香水让人浮想联翩,因为奥利维娅笔下的诗意总是为想象留出大把的空间。有些人或许会产生一种奇特却诱人的联想,认为自己正闻着一张沾满墨汁的厚纸张;而另一些人则觉得自己走入一片浓雾中,雾里有屹立着的树木、燃烧后的灰烬以及融化中的树脂。

苍穹是一瓶完整且极致的香水,它的落幕极为圆满。奥利维娅·贾科贝蒂通过香水呈现出一种协调、一份浓烈,她的美学也因此更能为大众所理解。香水能够走进艺术殿堂,离不开奥利维娅的贡献,人们从不吝啬对她的褒奖,她也完全当得起这样的赞美。(亚力克西·图布朗)

冥府之路	苍穹	焚香教堂
阿蒂仙之香	爱纳克斯	詹姆斯·海利

品牌：	调香师：	问世时间：	类型：
迪奥 Christian Dior	安霓可·梅纳尔多 Annick Menardo	2004	香水

侧面

正面

顶部

标志

CHRISTIAN DIOR
PARIS

银影清木 BOIS D'ARGENT

圣洁乳香。 2004年，三款出自艾迪·斯里曼之手的迪奥古龙水横空出世，人们立刻觉察出三者的异样，它们与加利亚诺及其作品迪奥魅惑塑造出的华丽盛景相去甚远，甚至可以说是南辕北辙。秉持着绝对的18世纪精神，斯里曼为我们带来一个系列，它们有着皇室家庭般的三位一体，其中包括白古龙——耀眼又纯洁的公主，黑色魅力——庄重且狠辣的皇后，以及银影清木——权力至高无上的国王，他充满魅力，受万民仰慕。

香水汲取了某种神秘原料的质感，营造出一种介于动物皮毛、乳香味、烛蜡、植物树脂以及圣膏之间的效果。几缕粗蛮、性感的气味从一片圣洁、古老的禁地飘散出来。世俗与神圣、淫靡与神灵都胡乱地搅合在一起。银影清木的前调可能会让人措手不及，因为它透出一股刺鼻的烈酒味，这股气味来源于广藿香，很快就被乳香、没药以及龙涎呋喃神秘的烟熏气息盖过。蜂蜜与皮毛调和而成的动物香调缓缓卷来一团撩拨的热浪，将人们紧紧裹住，随后，鸢尾驾临，它的粉感如黄油般柔和，还散发出淡淡泥土气息，大量麝香也随之涌来，与先前的动物香调融合，留下一股反差巨大的独特气息。

银影清木并非唾手可得，它不属于我们常说的商业香水，但是只消闻上几秒，我们就会被它俘获，而将其喷在皮肤上后，我们则更觉得它似曾相识。此外，银影清木还是一款难得畅销的小众香水，尽管售价不菲，它还是跳出了自己本来锁定的目标客户群，即巴黎精英阶级，赢得了大众的青睐。（让娜·多雷）

更新换代：
2018年11月，clique.tv网站发布了一篇简短的报道，名为《银影清木为什么会成为法国嘻哈歌手最爱的香水？》，它注意到法国嘻哈圈频繁提到这款香水。阿隆佐、索菲亚内、卡里斯、萨德克……这款香水在4年内被提及至少18次！几年以来，迪奥已经成为法国郊区年轻人的香水标杆品牌，是奢华和功成名就的象征。

满堂红	银影清木	木本鸢尾
娇兰	迪奥	梵克雅宝
P.79		

品牌： 川久保玲 Comme des garçons	调香师： 马克·巴克斯顿 Mark Buxton	问世时间： 2004	类型： 淡香水

侧面

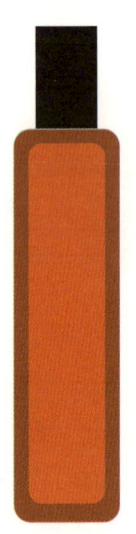

正面

顶部

标志

MAN
COMME des GARÇONS

二号男士香水 2 MAN

烟熏鹅卵石。1973 年,川久保玲创立了自己的同名品牌,品牌的香水也高度贴合设计师的服装风格:前卫大胆、特立独行、神秘莫测、别具一格。

没错,在川久保玲的所有香水中,二号男士香水算不上最魅惑的,也不是最跳脱的那一个,但它汇集了品牌的诸多标志性元素,人们可以在与川久保玲同名香水同期推出 1994 年的产品与系列中发现它们的踪迹,如今推出的大量商品中也同样保留了这些代表元素。一个阴暗、奇诡交织着矛盾的世界,带给人们既天然又人工、既抽象又具象的感觉。树脂与塑料、香料与金属、皮毛与焦油。

二号男士香水是赠予木调以及烟调爱好者的献礼,闻到它,人们脑海中会冒出乡村的烟囱与秋日灌木丛的景象,这一点与早几年问世的 M7 以及古驰同名男士香水不谋而合。但它又不仅限于此。从前调开始,辛香调(孜然、肉豆蔻、藏红花)缓缓融入乙醛中,营造出一种氤氲的、金属感的并又充满药味的效果。所有元素都与乳香共舞,使我们沉浸于古老教堂的神秘氛围中,而香水依旧保留着独特的质地。最终,香根草与皮毛的味道一点点将我们攻陷,更加凸显了烟味,香水热情火热且散发着树脂香,充满野性又很难猜透。

当我们拥有了它,难免心生窃喜,甚至觉得自己是唯一配得上它、驯服了它并且容得下它的人,因为它是那么与众不同。二号男士香水在特立独行的道路上舞动,它的个性足够夺人眼球但又绝不会难以驾驭。香水的智慧就在于此:懂得找准自己的定位,同时成全主人的平衡。(亚力克西·图布朗)

古驰男士 ················ 二号男士香水 ················ 砰
古驰   川久保玲   马克·雅克布

品牌：	调香师：	问世时间：	类型：
爱马仕	娜塔丽·费斯托埃	2004	淡香水
Hermès	Nathalie Feisthauer		香精
	拉尔夫·施维格		香水
	Ralf Schwieger		

侧面

正面

顶部

标志

橘采星光 EAU DES MERVEILLES

盐琥珀。橘采星光是近年来最别出心裁的作品之一,这样一句评价甚至也太过保守谦虚,实际上,香水中的香调至今仍未棋逢对手,它简直不属于这个世界。

当橘采星光刚问世时,媒体评价它为一款"将花香拒之门外"的香水,因为对于一款女香来说,这瓶香水最大的不同之处,就在于它完全不包含花香调。尽管其中某种"水杨酸"分子透出的淡淡阳光气息验证了上述说法的不准确,但更值得玩味的地方在于香水中的香调一反常态,不再着力突出白花这一角色,而是将重心偏向龙涎香,它闻起来咸咸的,散发出碘一般的干净气息。爱马仕这件作品的第二大特点就在于此,它"打造出一种围绕着龙涎香展开的新颖调协"。这种从抹香鲸胃部分泌物中提取出的原料,如今又在几种极为特殊的化学合成分子的作用下得以重构。

新奇的琥珀调气息温暖、充满蜡感并且野性十足,香水的清新前调则与之形成鲜明对比,它由柠檬与香柠檬构成,紧随其后的是一把火热的香料,里面有丁香与黑胡椒。水杨酸混合物(它的味道能让人联想到另一种琥珀——太阳琥珀)架起了"龙涎香的脊梁",其中还掺杂着雪松、香根草以及几种气味更温暖的香膏,它们凸显出香水的蜡感。结构完美、香味平衡,香水整体较为抽象,如同腥咸的肌肤,这几乎是一种专属于男性的味道,奇妙至极又不失神秘。

橘采星光大胆而富于创新,在市场上独树一帜,它激进的行事风格时常掀起惊涛骇浪。当彪悍如斯的香水问世时,人们唯有交口称赞。(亚力克西·图布朗)

她曾用过:
塞雷娜·威廉姆斯

沙丘
迪奥

橘采星光
爱马仕

示爱
凯文·克莱

品牌： 馥马尔 Éditions de parfums Frédéric Malle	调香师： 多米尼克·罗皮翁 Dominique Ropion	问世时间： 2005	类型： 香水

侧面 　　　　　　　　　　　　　　正面

顶部 　　　　　　　　　　　　　　标志

EDITIONS DE PARFUMS
FREDERIC MALLE

醉人晚香玉 CARNAL FLOWER

致命花瓣。多米尼克·罗皮翁与馥马尔用晚香玉调制出一瓶体味香水,他们不断挖掘着这株最麻痹人的花朵中圆润、温柔、多汁的一面。当然也不可避免地稍微对它动了点手脚……

香水前调狼吞虎咽的样子就好像我们囫囵吞下一颗小豌豆和一枚脆绿的橄榄,咀嚼之间,唇舌的震颤呼应着苦乐参半的欢愉感。由于馥马尔的晚香玉是一朵熔化中的花,所以它有着冰火两重天的效果,它毫不掩饰自己与生俱来的樟脑味,并且热衷于在这股气味中寻求精致。辛辣的绿色前调渐渐散去,我们已经能察觉到花朵在微微出汗,透出一股潮湿腥咸的温热。肌肤在摆出冰冷疏离的严肃面孔后,又激发了香味中的肉欲感。几个小时过去了,香味愈发大胆,释放出黝黑肌肤般的狂野,彻底与粗鄙和聒噪划清界限,在晚香玉的演艺生涯中,这真是闻所未闻的奇观。

醉人晚香玉将几种相斥的原料巧妙地融合在一起(从铃兰到橙花,其中还有茉莉),它的青春活力与水果调的懒散迷糊形成了鲜明对比。香水汗津津的,散发出一股天然却又撩人的气味,暴露出自己潜藏的野性。

醉人晚香玉叫人难以忘怀,它为房间熏染上扑鼻的香气,又叫人们想起一株株绝顶美丽的白花。从栀子花到依兰花,香水捕获了它们的淫、它们的欲以及它们那令人窒息的暴戾。至于最惹眼的晚香玉,香水则抓住了它绚丽又耀眼的光芒。

这是一幅完美无缺的画卷,多米尼克·罗皮翁的把控力在这个他所偏好且沉迷的主题中发挥得淋漓尽致。这件迷人的现实主义作品同时也具有一定的迷惑性,在人们的记忆中,晚香玉从未有过这般令人挂心的古怪模样。(亚力克西·图布朗)

她们曾用过:
凯瑟琳·德纳芙
米拉·库妮丝
伊莎贝尔·于佩尔

喧哗 ……… 醉人晚香玉 ……… 杜桑
罗贝尔·皮盖   馥马尔   蒂普提克
P. 59

| 品牌：
迪奥
Christian Dior | 调香师：
奥利维尔·波巨
Olivier Polge | 问世时间：
2005 | 类型：
淡香水 |

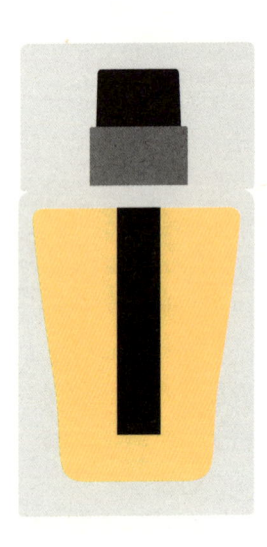

侧面　　　　　　　　　　　正面

顶部　　　　　　　　　　　标志

Dior

桀骜男士 DIOR HOMME

艾迪的地盘。当桀骜男士在 2005 年问世时,旋即惊艳四座,如今的它更是成为了男香界的一大杰作,是业内人士与大众心中的经典。在这款以木调和东方调为基底的花香型男士香水中,一切都显得那么精致与温柔。

虽说鸢尾的出现使人们想起经典但不受欢迎的皂味,但它并不妨碍这款香水展现出真正的男性魅力,它火热又性感,皮毛、香根草与广藿香的存在足以让那些自命不凡的鼻子败下阵来。不过,一切又都被包裹在一团粉中,它赋予了香水温柔与优雅。

鸢尾花就在那里,亭亭玉立于香水正中心,前调中的胡萝卜与紫罗兰调使其味道分外凸显。鸢尾中那根茎、泥土般的质地与美食调入口即化的滑腻感形成鲜明对比。薰衣草、鼠尾草与小豆蔻的芳香让鸢尾渐入佳境并绽放出耀眼光芒,它们还呼朋引伴,唤来海量木调,木头根根身形笔挺,气味令人舒心。维吉尼亚雪松被烟味缭绕,属木调的它也散发出鸢尾香,它衔接起了香水的各部分,又为其提供了一个无比坚实的依靠。雪松还得到了广藿香与香根草的力挺,香水渐渐浸润在这股近似于体香的琥珀皮革调中。

整瓶香水成功地将男性身上的某些浮夸特质与鸢尾调的忧郁、感性串联起来,始终秉持着香水的朦胧美与稀有的精致感。

桀骜男士是一件经典之作,因为它很美,也因为它打破了香水界中数不清的规则。在迪奥艺术总监艾迪·斯里曼的指导下,奥利维尔·波巨调度了鸢尾调、木调与东方调,终于创作出这件香味新作,留下惊鸿一瞥。(亚力克西·图布朗)

> **荣誉**:
> 2006 年荣获香水基金会大奖中的最佳男士香水奖。

术恋鸢尾
别样公司

桀骜男士
迪奥

华伦天奴男士
华伦天奴

品牌：	调香师：	问世时间：	类型：
穆勒 Mugler	劳伦·布吕耶尔 Laurent Bruyère 多米尼克·罗皮翁 Dominique Ropion	2005	香水

侧面

正面

顶部

标志

ALIEN

异型 ALIEN

不明芳香物。在相继推出风靡全球的蓝色蜜糖天使与意外遇冷的绿色调古龙水后，穆勒决定在2005年携一株来自外太空的紫罗兰再次惊艳我们的眼球。这是一瓶充满个性的香水，尽管它与人类交流的方式过于科幻主义甚至带着些神秘色彩，但还是取得了不俗的成绩，不过这也完全在意料之中。正如它紫色与金色相间的瓶身一样，异型兼具阴郁与明媚，牙尖嘴利又棱角分明，奇妙而又复杂。

橙花、天芥菜与茉莉拼凑成的明艳花束与小豆蔻、肉桂以及孜然组合的辛香调相互交融，随后又在一张结实的床上舒展身体，这是一张由琥珀、檀香以及烟熏乳香制成的床，香味惊天动地。异型体内含有过量的喀什米尔木香（一种强劲无比的合成木调）、阳光味水杨酸与酸性麝香，尽管这一点使其顺应了时代的潮流，但它仍然保留了一份复古神韵，香水中微微带点20世纪80年代典型的浮夸审美，似乎在精神上向毒药致敬。它同时还相当顽固不化，周身笼罩着一圈刺眼又神秘的光晕，就像从超自然魔法药水里射出的一道金灿灿的射线。

在穆勒品牌的所有同系列产品中，没有任何一件是多余的，它们相互之间不可替代，相反每件佳作都是一个完整、独立的个体，人们能够看出异型精纯的独到之处，它以极柔滑的圆润香草调为基底，成就了一件美味无比、诱惑至极的作品。终于，这位紫色的外星人再也不用去嫉妒那位蓝色天使了，它自己已经站在后辈的领奖台上，名利双收。（让娜·多雷）

荣誉：
2006年荣获香水基金会大奖中的最佳女士香水奖。

伊莎提斯
纪梵希

异型
蒂埃里·穆勒

密码女士
阿玛尼

品牌：	调香师：	问世时间：	类型：
解放橘郡 État libre d'Orange	安托万·李 Antoine Lie	2006	香水

侧面

正面

顶部

标志

激情喷射 SÉCRÉTIONS MAGNIFIQUES

流体力学。激情喷射是香水界的一件当代艺术品。

面对一团铁丝或是满地打翻的番茄酱瓶,人们不会觉得:"天呐,真美。我想把它放在房间里。"相反,人们会充满困惑、一头雾水、抓耳挠腮,就在这分神的片刻间,奇妙的化学反应发生了。

这瓶香水暗藏的小玄机在于它直接为我们省去了回答那个常规问题的必要:"我喜欢还是不喜欢它?"所有人的第一反应肯定是抗拒,但随后他们心中又会产生一股无法抑制的欲望,想要再次臣服于这个狡猾的味道。就像它浮夸的名字所暗示的一样,这瓶香水代表了人类的四种分泌物:血、汗、唾液与精液。乍一闻,我们会不禁打个冷颤,因为它的气味太过写实,让人误以为自己闯入了一位陌生人的私密地带。

西瓜酮散发出海洋气息与碘味,乙醛味道刺鼻又带着金属感,两者交融后,让人们联想起嘴里的血腥味。一股酸涩又带着奶香的甜咸口味在麝香调中绵延,麝香调饱含粉感、充满野性,甚至还散发出阵阵粪便味。尽管略感不适,但我们仍然克制不住内心的冲动,再次回到香水身旁,跟随它欢脱的脚步,品味着这股肉体般的气息。

安托万·李成功地完成了一次壮举,他寻求到完美的平衡点,让我们对这股惹人嫌的味道欲罢不能。吸引与排斥,两种反应相斥相悖,完完全全专属于人类。

在解放橘郡专卖店里,店员们会建议你提前一晚将激情喷射喷在衣服上,让香味挥发一夜,第二天再穿上。这样做既可以规避初始时的刺激味道,又能够充分享受尾调的美妙,几个小时过去后,尾调已经在肌肤上蔓延开,留下一股震颤不已、火热性感甚至是令人心潮澎湃的味道。(让娜·多雷)

激情喷射 ································ 双面墨香
解放橘郡   百瑞德

品牌： 爱马仕 Hermès	调香师： 让－克罗德·艾列纳 Jean-Claude Ellena	问世时间： 2006	类型： 淡香水 香精

侧面	正面
顶部	标志

大地 TERRE D'HERMÈS

屹立之木。作为洛巴卡（1998）后的首款男香，大地旨在彰显知名马具品牌爱马仕焕然一新的男人味。

当品牌定下大地这个名字后，让-克罗德·艾列纳决定再次采用一个现成的香调组合，爱尔兰的荒原景致给予了他灵感，那里深深扎着一根木桩。它矗立的身影，象征着人类的存在，也促成了这瓶矿物感木调香水的诞生，如今大地已成为男香界中一道独特的风景线。

阿特拉斯雪松占据了香水的中心地带，它的强壮、它的构造以及它塑造的气味形象造就了它那为人称道的笔挺身型。作为现代香水界的魔法助推器，化学合成物龙涎酮在香水中大大辅佐了雪松，随后，若干乙醛调与矿物调登场，它们模拟出火石相擦的效果，还让人们误以为香水中有烟熏胡椒粉的存在。

香水想要在最初的几秒内就抓住大众的心，因此为了赋予前调足够的吸引力，它派出葡萄柚打头阵。但这不过是一场气味错觉，因为香水的前调实际上是由一种极品甜橙精油与胡椒醚混合而成，后者是一种化学分子，能让人同时联想起葡萄柚、大黄以及香根草的味道。

人们常说，大地是一根有着葡萄柚味道的香根草，但从制作角度而言，它实则是一株橙子味的雪松。香水的结构异常简单，既清晰又和谐，初闻时不显山露水，随后展露锋芒，它的独特性与辨识度堪称千里挑一。

自问世以来，大地就在热销榜上长盛不衰，未曾停下开拓疆域的脚步，填补了市场上的空缺。它在市场上的地位稳固且不可撼动，就像扎根于爱尔兰荒原上的那根木桩一样。（让娜·多雷）

荣誉：
2007年荣获香水基金会大奖中的最佳男士香水奖。

椒香丝路	大地	闪回
爱马仕	爱马仕	嗅觉映像室

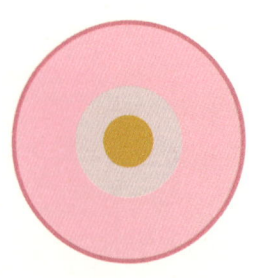

品牌：	调香师：	问世时间：	类型：
娇兰 Guerlain	莫里斯·鲁塞尔 Maurice Roucel	2006	淡香水 香水

侧面 正面

顶部 标志

GUERLAIN

熠动 INSOLENCE

宇宙紫罗兰。在娇兰大家族中,紫罗兰是一位躲在暗处的花旦,不过品牌更倾向于力捧香草与香膏这两位性感女星,使人们忘记了它最伟大的几件作品。2006年,娇兰请来了莫里斯·鲁塞尔,为的是再创作一曲由紫罗兰和鸢尾搭档的二重唱,熠动应运而生,香水拥有超凡的智慧,但同时也是一位彻头彻尾的浪子。

熠动是一款欢脱的香水。它如鞭炮般噼啪作响,又如旋风般横冲直撞;它甚至有点聒噪,但口中喋喋不休说起的总是些美好的事情,还总带着诙谐的语气。在这个全宇宙独一无二的香调中心,紫罗兰粉墨登场,它如球一般蹦蹦跳跳地弹来,带来了自己所有的奇思妙想。果调自然地与紫罗兰衔接,让人联想起爽脆多汁的覆盆子;当鸢尾将香味安顿在一张由香粉与木头制成的奢华大床上时,橙花又为其送去力量与丰满。与此同时,尾调正积蓄着热量,粉感琥珀调融入强劲的麝香中,二者合力使整瓶香水在这段气吞山河的独特香味旅程中肆意盛放。

在爽朗的笑声背后,熠动勾勒出雨过天晴以及蓝调时光两位神秘前辈的倩影,早在一个世纪之前,这两瓶慧眼独具的香氛就已经将紫罗兰、橙花、鸢尾以及香膏调和在一起并呈现在大众面前。而熠动中加入了果调,并且对传统的香味金字塔结构做了点调整,摒弃了一切矫揉造作,构建出一段铿锵有力的现代话语,为的是满足向未来进军的野心。

因此,熠动是一件构思成熟的作品,十分亲和又令人沉迷。它的外表装饰着霓虹灯花,还扑上了时兴的香粉,不过在这背后,藏着一种个性、一份力量,使它们能够绽放出更耀眼的光芒。时间也为它正名:它是娇兰的杰作,或者说它本就是一瓶伟大的香水。(亚力克西·图布朗)

阵雨过后	蓝调时光	熠动
娇兰	娇兰	娇兰
P. 23	P. 27	

品牌： 莱俪 Lalique	调香师： 娜塔丽·洛尔松 Nathalie Lorson
问世时间： 2006	类型： 淡香水

侧面

正面

顶部

标志

墨恋　ENCRE NOIRE

妙笔。在收获如潮好评的珍珠美人诞生后,莱俪随即又推出了这款瓶身比内容物还要出名的香水,并再一次大获成功。

在这瓶看似质朴的木调香水中,人们可以感受到书法作品般的精致与优雅,墨恋向人们讲述了一个围绕着香根草展开的故事。

通常,人们选用这种木质香调是因为看中它的泥土感与绿色调,它带着些许芳香,不时透出几缕榛子香。然而,不论这根香根草的品质如何,必不可少的都肯定是它那股强劲逼人的烟熏调。而正是这种香调得到了娜塔丽·洛尔松的重用,在一番悉心点缀、反复琢磨后,她将该香调用作点睛之笔,安排在阴郁且散发出皮革味的乳香后登场。

当鼻尖与香水邂逅,其用料的丰富性立刻展露无疑,不过香味间的调协实则简单异常。香水使用了几种不同品种的香根草,调香师因而能够将这一元素发挥到淋漓尽致。香水中的烟味总是被其他香调抵消,它们对它加以修饰并又精心雕琢。从理论上来说,这不是一款难以驾驭的香水,它有着简简单单的美。前调带来了一份清新,它出自树液、松树以及柏树。香水一半是光明、一半是黑暗,就连香料的参与都不能使天平倾斜半分:一切都处于和谐之中。结尾的木调使整瓶香水的味道绵延不绝,尾调由雪松以及零陵香构成,同时,纯净的白麝香也融入其中,使它更添一分饱满与深沉。尾调残留的余韵格外优雅、沁人心脾。

娇兰香根草的狂热粉丝们有了新的寄托。木调兼具优雅与美好、低调与新意,对于钟爱它的人们来说,墨恋是他们能在市场中寻觅到的最美创作之一。(亚力克西·图布朗)

香根草	墨恋	梧桐影木
娇兰	莱俪	香奈儿
P. 71		

品牌：	调香师：	问世时间：	类型：
阿蒂仙之香 L'Artisan parfumeur	伯特兰·杜乔福 Bertrand Duchaufour	2006	淡香水

侧面

正面

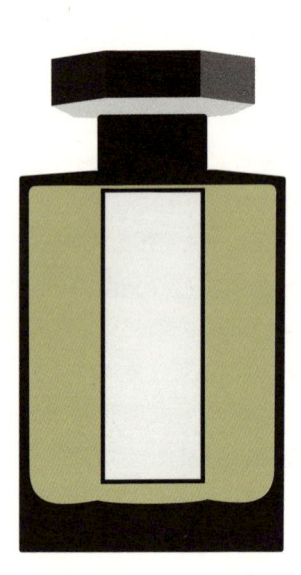

顶部

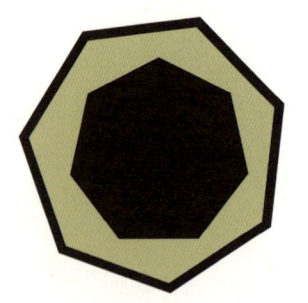

标志

梵音藏心 DZONGKHA

神秘之旅。 梵音藏心的名字"Dzongkha"指"宗喀语",该语言是地处中国西藏与印度北部之间的国家不丹的官方语言。梵音藏心是伯特兰·杜乔福为阿蒂仙之香创作的最出色、最动人的香水之一。

香水带给人们的初印象太复杂、太意外,以至于人们感到无从下手。所有味道之间相互连接、紧密交融,就像是一堆旧家具或是老物件,它们胡乱地摆放着,在厚厚一层灰尘下尘封了数年。在梵音藏心中,没有明显的前调与尾调,它的香味缓慢递进,如同流沙一般。

乳香一边与散发出小豆蔻香的果香玫瑰交好,一边又与粉感鸢尾的根茎缠绵,它包裹住一杯烟熏味香茶、潮湿的大地以及灌木丛中的香调。一阵兼具野性、温吞和性感的轻风徐徐吹来,雪松与香根草伴着被麝香激发出的皮革味也随之而来。这是一种感觉,透出烟味与泥土味,质地潮湿且呈乳状,还带有温和的药性,如同行医者用于治疗的膏药或是祖传的药方;我们对整瓶香水的初印象大致可以概括于此。

梵音藏心把我们带向远方遥不可及的远方,那是一个神秘莫测的世界,充满陌生且惊人的原料和味道,它们既温柔又刺激、既潮湿又干燥,却能让人完全沉醉其中、流连忘返。有时香水令人难以招架,某些人觉得它不过是由各种粗糙又相近的原料东拼西凑而成的一团糟,杂乱无章又不成体统。但那些真正懂它的人会迅速与它坠入爱河,展开一段难舍难分、情意浓浓的热恋。即便我们自己不敢尝试这款香水,但每当在别人身上闻到它时,我们还是能够品味到无尽喜悦。(让娜·多雷)

她曾用过:
詹妮弗·安妮斯顿

专属你心 …… 梵音藏心 …… 琥珀木香
阿蒂仙之香   阿蒂仙之香   意大利之水

品牌：	调香师：	问世时间：	类型：
普拉达 Prada	丹妮拉·安德利亚 Daniela Andrier	2007	香水

侧面

正面

顶部

标志

鸢尾轻芳 INFUSION D'IRIS

弗洛伦萨香皂。缪西娅·普拉达曾经承诺要创作出一款"绝不跟风潮流"的香水,但在 21 世纪 00 年代中期,鸢尾轻芳的诞生打破了她的诺言。这瓶香水最出人意料的地方,不在于它闻起来像什么,毕竟香水的原材料已经在说明书中清清楚楚地列了出来,而在于它闻起来究竟如何。

简单来说,鸢尾轻芳不是一瓶热衷于自吹自擂的香水。它似乎更偏爱自言自语、言而不尽,但它的沉默也很有分寸。如果我们信任这瓶缄默的香水,它会为我们送来一股独特又微妙的味道,完全吻合了香水名昭示的优雅。

初始时的香调能让人们联想起经典古龙水的味道,橙花、橙子与橘子的香气,如肥皂水般轻轻涌来。这是调香师的丹妮拉·安德利亚钟爱的香调,她在自己的许多作品中都注入了这个味道。随后,一种带着粉感的绿色香调引出了鸢尾花。而与鸢尾相伴的紫罗兰则不慌不忙,在大放异彩的柑橘调退场后才如期而至。香水缓缓露出面庞,像个含羞带臊的大姑娘,它混在香根草、雪松以及乳香之中,静悄悄地披上一层透出木调与烟味的温柔。安息香质地绵密,散发出香草味,它悄无声息地送来了一波性感热辣,此时,洁净又公正的麝香串联起香水的整体。每一位成员似乎都一直轻踮着脚尖,但其实早已蓄势待发。

大众的欣赏就是对它最大的褒奖,鸢尾轻芳用自己的精致与明媚重新谱写了鸢尾香调。它的存在证明了内向静默、低调小众的香水也可以获得大众的青睐。自问世以来,鸢尾轻芳一步一个脚印,逐渐扎稳脚跟,成为了一件现代经典。(亚力克西·图布朗)

荣誉:
2008 年荣获香水基金会大奖中的最佳女士香水奖。

19 号	鸢尾轻芳	无名
香奈儿	普拉达	马丁·马吉拉
P. 91		

品牌：	调香师：	问世时间：	类型：
爱慕	卢卡斯·修扎克	2007	香水
Amouage	Lucas Sieuzac		香精

侧面	正面
顶部	标志

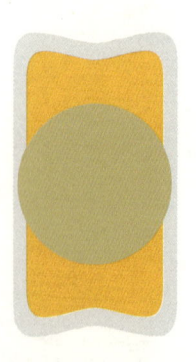

月之咏叹 25　JUBILATION 25

幸福重生。2007 年，为了庆祝自己的 25 岁生日，阿曼苏丹国的香氛品牌爱慕决定复兴一种式微的香调：果香西普调，这种香调显然早已被 20 世纪遗忘。月之咏叹 25 应运而生，它出自卢卡斯·修扎克之手，唤醒了人们记忆中西方香水史上那些最伟大的西普调香水，从罗莎女士到迪奥蕾拉，月之咏叹 25 的果味以及树脂香甚至还能让人们联想起标新立异的鸦片（其调香师为让-路易·修扎克，即月之咏叹 25 创作者之父）。香水的前调汁水充沛，它微微发酸，还带着股肥皂味。果调的印蒿闻起来似甜烧酒，它朝着糖渍李子发射攻击，印着光斑的蜜瓜也加入这场混战。随后，一株暗淡的酒红色玫瑰出现，与之面对面的，是一株明媚的异域依兰。当浑身汗臭味的有机孜然融入香水整体中时，潮湿感顿时清晰可鉴，它宣告着尾调即将到来，在这复杂的香调中，没药和麝香的温柔与乳香、广藿香、香根草的倔强相互对峙。月之咏叹 25，高贵又奢华，闪耀且迷人，在香味演进的每一个阶段，它都玩着光影游戏，这是专属于西普调的游乐方式。馥郁的格调并不妨碍它畅快呼吸，每一味香调、每一对组合依旧可以酣畅淋漓地表达自我、行动自如地欢腾玩耍。周身散发出的一圈复古光晕似乎会让香水感慨万千："还是过去更好"，但是它的结构与它营造出的效果却又折射出现代技术的专业。宏伟的身型、铿锵的步伐，这件奢华之作让香水界的那些伟大时刻重获新生，但同时，它又不会让你觉得眼前是一朵从坟墓中开出的花。（约翰·塞尔维）

罗莎女士 ……………………… 月之咏叹 ……………………… 艾拉
罗莎　　　　　　　　　　　　爱慕　　　　　　　　　　　　阿琪思
P. 51

| 品牌：
馥马尔
Éditions de parfums
Frédéric Malle | 调香师：
莫里斯·鲁塞尔
Maurice Roucel | 问世时间：
2008 | 类型：
香水 |

侧面

正面

顶部

标志

EDITIONS DE PARFUMS
FREDERIC MALLE

在你怀中 DANS TES BRAS

拥抱抒情。在你怀中究竟是一款火热的还是冰冷的香水？对于这个问题，每个认识它的人都有着不同的答案，而且他们的观点通常南辕北辙。为什么？因为这是一款抽象的香水，感官性十足，完全将人们的感觉与情绪把玩于鼓掌之间。

莫里斯·鲁塞尔的这件作品完全摒弃了香水界中的经典模式（如果非要找出点联系，那么或许能在其中看出点西普结构的影子），它将所有复杂的、非具象的原料都串联在一起，构建了一个崭新却又治愈的调协。为了再造体香散发出的那股微微泛咸、柔和却又不失火热的味道，调香师在馥马尔的艺术指导下，选择了喀什米尔木香，这种原材料格外迷人，透出湿木头与榛子的味道，还微微带点粉感和辛辣。亦火亦冰，不同的人秉持着不同的看法，香水的灵魂就在于此，香水里的洋茉莉醛与杏仁香、广藿香以及紫罗兰调相互融合，其中的紫罗兰调呈现出绿色与粉感。

喷上在你怀中，香水即刻化作一层轻柔细腻的薄纱，丁香味与绿色调熠熠生辉，它还散发出温柔的光芒，带着粉感，充满人情味。零星的香根草使榛子与苔藓的气味愈发浓烈，同时，檀香又为其送去柔滑的质感。很难用简单的几句概述来描绘在你怀中的气味，因为它摆脱了所有客观因素的束缚。香水充分展现出调香师的才华，他能够用最简单的原材料创作出精准且打动人的味道。

动情的故事在拥抱中发酵，初识在你怀中，你难免会觉得它难以捉摸，因为它的形态与基调都十分新奇。但请你接纳它并跟随它的脚步，香水的精妙只会臻于完美，它用心的装点也将让你欲罢不能。（亚力克西·图布朗）

1000	在你怀中	纯白
让·巴杜	馥马尔	倩碧
P. 99		

品牌：	调香师：	问世时间：	类型：
卡地亚 Cartier	玛蒂尔德·劳伦 Mathilde Laurent	2009	香水

侧面

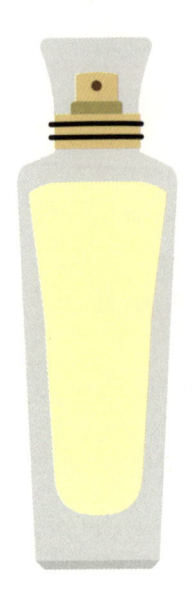

正面

顶部

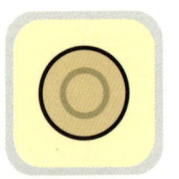

标志

Cartier

第十三时 LA TREIZIÈME HEURE

缓缓燃烧。 圣奥诺雷街的精品店见证了我与卡地亚"时光组曲"系列香水的初次邂逅,一位不太懂行的销售小姐在那里滔滔不绝地推销了几个小时。噗,噗,这一系列的所有几款香水全被一股脑儿喷在同一张试香纸上,也不失为一个好办法就是了。"我可以把它喷在我的胳膊上吗?""好主意!当然可以了。""谢谢,再见。"我深深地嗅了一口第十三时,里面有烟熏木头、烟草、皮革还有柏油。它的气味强劲无比,穿透了我的外套,不过好像后续没有新的味道出现。之后,我又重复试验了好几次,将它分别喷在我的胳膊、脖子还有袖口上……时间一分一秒地过去,气味依旧分毫未变。

第十三时向我反复念叨着白纸、墨水、甘草汁糖、点燃的香烟、烧着的旧书还有一堆冒着烟的茶叶,它的出现就像一道火花,划过的同时就已经燃尽了自己。紧接着,惊喜来了,香水揭开了香草的神秘面纱,这是一株拥有超自然力量的香草,毫无甜味,只保留了自己的木调与动物调,这股气味却似曾相识,让我们联想起咀嚼混在米布丁里的香草荚时嘴里的那股又辣又苦的味道。

不断变换的漆黑背景中出现了一抹意料之外的柔白。前调"略施粉黛",它的简洁朴素很快就被精心安排下的繁复取代,一切均处于双重性中,不过每时每刻都衔接完美、排列细致。

第十三时超脱于年龄,跨越了性别,亦没有明确的目标顾客群体,它是一颗稀世明珠,以至于鲜少有人能将其驾驭。但稀有通常也等同于美丽,对于那些仍将香水视作艺术的人来说,他们能在这幻想的一刻中自娱自乐、聊以慰藉。(让娜·多雷)

荣誉:
2010年荣获香水基金会大奖中的专家大奖与调香师大奖。

广藿香24 ……… 第十三时 ……… 苦行之林
香水实验室　　　　卡地亚　　　　内奥米·古德瑟

品牌： 馥马尔 Éditions de parfums Frédéric Malle	调香师： 多米尼克·罗皮翁 Dominique Ropion	问世时间： 2009	类型： 香水

侧面

正面

顶部

标志

EDITIONS DE PARFUMS
FREDERIC MALLE

天竺葵先生 GÉRANIUM POUR MONSIEUR

风口浪尖。男士香水通常很难有所创新突破，几十年来它们一直被困在木调与馥奇调的桎梏中。不过，偶尔也会不知道从哪里冒出一些彻头彻尾的疯癫作品，它们往往象征着某些精神内涵，同时试探性地向新领域迈出脚步。

日常生活中的味道通常不是精致派香水钻研的对象，该流派更加钟情于抽象味道与生俱来的那股浮夸劲，这也就是为什么天竺葵先生会让人们大跌眼镜。从最初几秒开始，某种原料便统领全局：薄荷，并且是它的"极致劲爽"版本，即薄荷醇。其他香水多用植物性薄荷醇，通常用量较小且气味极易消散，天竺葵先生中的薄荷醇则完全相反，它飞扬跋扈的架势堪称空前绝后。如果不想面临坠入口腔世界的风险，那么就请不要操之过急地喷上它。不过，当我们正感到一头雾水时，天竺葵芬芳的绿色香调及时赶到救场，它散发出柠檬味，与薄荷香缠绵在一起。天竺葵让人想起玫瑰，不过是一株带刺的玫瑰，它更具金属感、更加时髦也更加明媚。与之相伴的有乳香精油以及臭氧调，后者呈透明质地并营造出寒冷的感觉。茴香调则带着荧光感，它的出现几乎摧毁一切，与此同时，白麝香岿然不动，为香水打下了洁净的地基，这份洁净完全不同于洗涤用品的清洁感，它用优雅降服了仍处在亢奋中的香水。

几个小时后，人们终于在这场喧闹中拨云见日，摸清了香水馥奇调的骨骼，它时而会散发出肥皂味，时而带着粉感，天竺葵被舒适地簇拥在中央，不断向周围吐露着芬芳。

人们至少可以肯定，天竺葵先生绝不是一款平庸的馥奇调香水。豪放的个性使它永远处于风口浪尖。（亚力克西·图布朗）

他曾用过：
克里斯提·鲁布托

香槟　　　　　　　天竺葵先生　　　　　贵妇肖像
法贝热　　　　　　馥马尔　　　　　　　馥马尔
P. 77　　　　　　　　　　　　　　　　P. 231

2010
↓

转变
进行时

↓
至今

2010 至今。小众香水继续发展，逐渐与普通香水地位相当，甚至还享有一片更加广阔多元的领地。香水创作难以抵御新市场的影响，更加以受众为导向，变得套路化甚至重复。与此同时，先驱小众香品牌逐一被奢饰品行业大集团收入麾下，造就了一种居于中间的新种类，而无数小品牌也纷纷涌向市场。

分类营销与消费者测试证明了美食调与甜调在女香中的一枝独秀，而强劲的琥珀木调则在男香中一骑绝尘。为了满足大众对于"效果"二字的执着追求，香水的气味变得更加绵长。同系列香水愈发普及，而香水的寿命却不断被缩短。不过，在这个瞬息万变的市场中，还是有一些佳作能够牢牢绑住人们的心，它们中既有大品牌的手笔，还有默默无闻的新秀设计师的创作。

品牌： 馥马尔 Éditions de parfums Frédéric Malle	调香师： 多米尼克·罗皮翁 Dominique Ropion

问世时间： 2010	类型： 香水

侧面

正面

顶部

标志

EDITIONS DE PARFUMS
FREDERIC MALLE

贵妇肖像 PORTRAIT OF A LADY

沙漠玫瑰。一经问世，香水宣传稿就向人们介绍了这件多米尼克·罗皮翁新作的来龙去脉："天竺葵先生尾调中的几种元素可以加以重用，从而打造出一瓶以之为核心的现代东方调香水。"借此契机，贵妇肖像诞生了。将天竺葵先生尾调中的几种香调不均等混合，便能够得到这瓶香水，它偏心于麝香和广藿香，而将檀香浸溺于过量甚至可以说超量的玫瑰精油中。

如果说选用了同种原料的一轮玫瑰凭借自己的红酒香与泥土味成功地在有机领域扎稳脚跟，那么在我看来，贵妇肖像则完全被矿物感占据。火热的辛香料、乳香以及广藿香将香水置于东方世界中，那是一个极其典型的中东国家，在那里，玫瑰是香水女王，茂密的乌木守护在它身旁，后者散发出山羊羔的气味，来自西方的我们多多少少可以接受这种味道。贵妇肖像是那些"一千零一夜"风香水的欧化版本，它更加柔情似水，并瞄准了前景繁荣的新市场。不过在这瓶香水里，确切地说只有稀稀拉拉几棵乌木，更多的还是散发出烟味与麝香味的参天大树，它们与稳重的广藿香作伴，矗立在这片充斥着黑暗、肉欲乃至男性气息的环境中。

无论从基调还是从留香角度来看，贵妇肖像都堪称高品质奢华之作。近几年来，所有品牌都没完没了地向我们输出玫瑰与乌木这一组合，但贵妇肖像与它们大不一样，它很独特，散发着迷人的魅力，又释放出催人入睡的魔力，在梦中，香水将我们带往另一个世界，把我们安顿在舍赫拉查德的皮囊下，度过一夜。

尽管价格高昂、定位独特，贵妇肖像还是成为了小众香水界中罕见的热卖王，它还拥有成为经典大作的潜力。（让娜·多雷）

芳香不老药　　　　　贵妇肖像　　　　　夜晚
倩碧　　　　　　　　馥马尔　　　　　　馥马尔
P. 97　　　　　　　　　　　　　　　　　P. 251

品牌： 弗朗西斯·库尔吉安 Maison Francis Kurkdjian	调香师： 弗朗西斯·库尔吉安 Francis Kurkdjian	问世时间： 2010	类型： 香水

侧面

正面

顶部

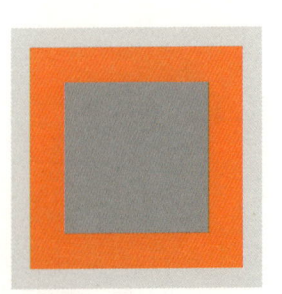

标志

绝对黄昏 ABSOLUE POUR LE SOIR

猥亵。一株绝美的玫瑰开启了这段香味之旅,木头与酒精随后爆裂开,四溅的醇香陈年白兰地涌入水晶杯中。依兰、安息香、雪松与檀香火急火燎地给孜然、麝香以及动物调送去一波波震颤。逼真的皮革与烟斗使整幅画面完整无缺,人们感觉自己触碰到一层肌肤,柔软、温热并且似乎还在微微颤抖着。这时,一股浓郁的乳香四散开,它神秘的胡椒味让人联想起过去教堂中常点的几种熏香。随后,香水终于浮现身影,伟岸且充满魄力,它属东方西普调,庄重又馥郁,人们差点要被它最初几分钟的气味吓退。香水的超高浓度完全称得上登峰造极,这也因此导致了它的低产量。一小时过后,绝对黄昏逐渐趋于平衡,尾调的气息更加低调沉稳,但是最美的才刚要到来。随着时间一分一秒的流逝,体味愈加浓烈,这完全归功于香水中的零星广藿香,在夜深人静之时,它为香水画上点睛一笔,还留下一吻,口水味与口红黏腻的味道共同打造出这般效果。

弗朗西斯·库尔吉安并不只是创作出一瓶简单的香水,他还为夜织造了一件睡衣,又勾勒出猫一般极致魅惑的曲线,睡衣沉沦于高亢的香调中,而曲线则叫人欲罢不能,它用东方西普调升华了自己的欲望,这种香调更是为经典并且已经饱和的西普香型带来耳目一新的变化。

诚然,这件成功的作品很难被驾驭,但它还是为我们讲述了一个意蕴无穷的故事。故事里,感官操控着大局,不可告人的秘密融入了你的灵魂。(让-吕克·埃马纽埃尔)

凡尔赛舞会 .... 绝对黄昏 .... 特写
珍·蒂毕丝　　　　弗朗西斯·库尔吉安　　嗅觉映像室

| 品牌：
维若之香
Vero Profumo | 调香师：
维若·克恩
Vero Kern | 问世时间：
2012 | 类型：
薄纱精粹版
香精
香水 |

侧面

正面

顶部

标志

.mito.

米图　MITO

绿晕。不,香水的灵感绝非来源于这位热衷于对着我们碎碎念的疯狂老调香师维若·克恩的人生经历。而是由一个真实的故事演变而来,调香师本人向我们娓娓道来,香水寄托了她对蒂沃利的埃斯特别墅花园的敬意,那里曾让她一见倾心。

建筑、大理石雕像、喷泉、沁满纯天然香氛的空气——香气来源于大花瓶中零落的橙花,点点滴滴促使调香师产生旧梦重温的渴望:这着实是种奇妙又复杂、平和又雀跃的情绪。最终诞生的成品则是一段充满反差的气味讲演,起承转合接连不断,它带领我们游荡于俄罗斯山间,又继续放任我们在想象中的魔幻山谷里撒欢。味苦色亮的柑橘带来一场绿色酸味大爆炸,彻底拉开了整瓶香水的序幕,一根马鞭草味冰糕浮现在人们的脑中,上面铺着满满一层茴香种子与香茅棒。随后,一抹温柔朝着我们轻快地走来,它呈乳状质地,越变越白皙绵密,追根溯源,原来是肥美妩媚的白花(茉莉、木兰、橙花、风信子)与毛茸茸、黄灿灿的桃子皮为我们送来了这股香味。这珍珠般的白皙与白松香一成不变的碧绿色相互交融,白松香的根茎调气息潮湿且透出股泥土味。与此同时,脆弱却又肥嫩的花瓣却身处险境,它们正朝着一片更加昏暗迷蒙的地带滑去,那里有雪松、广藿香以及麝香,三者组合而成绝佳的西普调。

米图,一款兼具植物感与矿物感的西普调香水,它就如同埃斯特别墅花园一样,洁白、碧绿、轻盈、明媚、繁茂。它也是一份致敬,敬盛行于20世纪40年代(绿风)与70年代(水晶恋、迪奥蕾拉)的神秘绿色西普调香水,敬娇兰骨子里的西普魂(蝴蝶夫人、午夜飞行),对于这些尊敬的前辈,米图从未有过僭越之心。(让娜·多雷)

荣誉:
香水版本于2013年荣获气味大赏最佳工艺奖;薄纱精粹版本于2014年荣获最具热情奖。

更新换代:
维若·克恩于2018年12月18日永远地离开了我们,享年78岁。

绿风　　　　　　水晶恋　　　　　　米图
巴尔曼　　　　　　香奈儿　　　　　　维若之香
P. 53

品牌： 帝国之香 Parfum d'empire	调香师： 马克 – 安托万· 卡西利亚多 Marc-Antoine Corticchiato	问世时间： 2012	类型： 香水 香精

侧面

正面

顶部

标志

东京麝香 MUSC TONKIN

幽灵。2012 年，当东京麝香问世时，马克-安托万·卡西利亚多称之为"香水界的幽灵"。这一品种的麝香曾在 20 世纪初盛行于神秘香水界，但已经在调香师们的调色板上消失许久，因为能产出此原料的香獐成了保护动物。

为了重新调制出这种近似于体香的情欲香调，人们从气味恒定的麝香组合中汲取野性，其中包含三种麝香——粉感的、火热的以及咸味的，在此基础上还加入了大量具有动物性的原料。此外，为了让香水焕发光彩，野兽派的花朵也纷纷改头换面：桂花展露出自身类似头发的味道，晚香玉则散发出一股麻醉气息，而水仙中隐藏的马尾毛味也暴露在空气中。人们甚至还嗅到玫瑰的隐约踪迹，若干玫瑰提取物闻起来似皮革与海狸香。一股诱人的咸香调四散开，夹杂着海洋幽幽的气息，让人联想起流汗的肌肤，也使香水得以畅快呼吸。

动物香调并没有让人们久等：安息香、龙涎香以及狡黠的蹄兔香齐聚一堂，蹄兔香闻起来有如黑橄榄和唾液，展现出满溢的肉欲。整瓶香水使人们回想起旧时动物香料具有的非凡魅力，它承载着这位科西嘉调香师的激情与个性，而香味则释放出往昔光芒。如果说你对东京麝香充满疑惑，那么请喷上它，它会让你感受到那份专属于杰作的温柔。人们为之倾心并与之同化，因为这是一种近似于体香的麝香，而且闻所未闻。

动物香调并不是吓人的洪水猛兽，那些以之为精髓的香水呈现出的是超凡的智慧与绝佳的掌控力。诚然，东京麝香是一款情欲香，但它的内在美总叫人欲罢不能。（亚力克西·图布朗）

一千零一夜 ⋯⋯⋯⋯ 鸦片 ⋯⋯⋯⋯ 东京麝香
娇兰   圣罗兰   帝国之香
P. 39   P. 103

品牌： 爱马仕 Hermès	调香师： 让－克罗德·艾列纳 Jean-Claude Ellena	问世时间： 2013	类型： 古龙水

侧面

正面

顶部

标志

蓝色水仙花 EAU DE NARCISSE BLEU

香粉癖。我们当然觉得创作者让-克罗德·艾列纳是天才，但我们也可以反对他，因为他总在围绕相同主题打转。

但调香师本人也懂得更新换代自己的葵花宝典，毕竟他最钟爱的玫瑰-香根草-柚子的香味组合已经被挖掘到淋漓尽致，而同期推出的两款香水——蓝色水仙花与龙涎柑橘则带给人们耳目一新的感觉，同时，这两款酸甜多汁的香水还改写了经典。

蓝色水仙花是一款具有朦胧美的花香型粉感香水，清新如肥皂水，柔嫩如婴儿的屁股，洁白如太阳下晾晒的床单，诱惑如牛乳味点心。柑橘与白松香泛出明亮色泽，如飞舞的蜜蜂般嗡嗡作响，引来了毛茸茸、紧绷绷的棉花，它冲着橙花和鸢尾那带着绿意与爽滑的温柔张开怀抱。随后，一场麝香盛宴拉开帷幕，木调麝香、白麝香、粉感麝香、绵密麝香以及美妙的复古麝香欢聚一堂。

人们可以将蓝色水仙花与雪白龙胆作比较，两者都有着纯洁的一面，也都呈现出一致的"艾列纳清新风"，这种风格抽象却又贴近自然。但相比之下，雪白龙胆更偏向极简风、性冷淡风，有些高傲清冷，而蓝色水仙花则肉欲满满，甚至显露出情色本质。它的粉感属木调又散发出乳香，醇厚且质感佳，让人联想起白树森林，不过缺少了后者那份标志性的美食调与杏仁味。

蓝色水仙花在香水中注入90后少女般的神采与清爽，使这瓶本有些古板的绿色花香型香水重获新生。

感谢亲爱的让-克罗德（您能允许我这样称呼吗？），是您又一次让我们感到出其不意，也是您用如此简单、美好又动人的小玩意带给我们惊喜。（让娜·多雷）

荣誉：
2014年荣获气味大赏最佳男香奖。

灰色法兰绒　　　19号　　　蓝色水仙花
杰弗里·比尼　　香奈儿　　　爱马仕
　　　　　　　　P.91

品牌：	调香师：	问世时间：	类型：
卡地亚 Cartier	玛蒂尔德·劳伦 Mathilde Laurent	2014	香水 香精

侧面

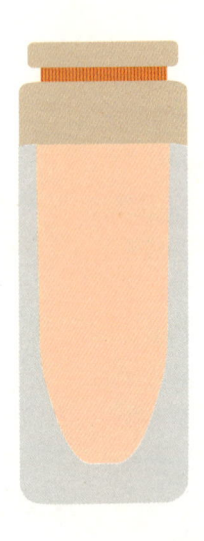

正面

顶部

标志

Cartier

美洲豹 LA PANTHÈRE

圣猫。美洲豹自问世起便大受欢迎，被人们视作天降奇迹，它的独特让人们对未来的香水界又重新燃起期待。当时，许多参与香水策划的成员都想要打造一款充斥着合成元素、甜味重并且中规中矩的香水，而卡地亚则与他们产生巨大的意见分歧，在首席设计师玛蒂尔德·劳伦的智慧锦囊的帮助下，他决定创作一款最美的现代西普调香水。

美洲豹披着一层花香皮毛，它闻起来有股麝香味，颜色呈半透明，充满飘渺之美，香水没有像其他某些香水一样落入甜腻西普调的陷阱，它散发出焦糖味杏仁糖以及糖渍水果的气味。香水最初的清新感，脆生生的，恍如一颗酸甜爽口的青梨，在它的辅佐下，花束重现自然之态，尤其是其中嫩绿肥美的栀子花，被打扮得更具抽象美感与田园风情。玫瑰与这朵白花相伴，它绿色清新的香调将整束花笼罩。香水缓缓推进，麝香给予它坚实的依靠，又在前进的道路上助它一臂之力，这团充满粉感、精美雅致的麝香让人联想起温热又腥咸的肌肤。

西普风越刮越远，它裹挟着高调的木调、圆润热情的广藿香以及精致讨喜的橡木苔，橡木苔为香水笼上一层经典但又不显老气的光晕。美洲豹充满迷惑性：如果将它点涂在手指上闻，它便仿佛被一根绳子拴住，很难施展拳脚。如果将它喷在身上，那么它则彻底放飞自我，叫人措手不及，就像一层突如其来的波浪，卷着轻盈柔滑的原料向周围四散开。

卡地亚为香水倾注了自己的心血与本领，最终打造出这款烙着传奇色彩的绝美之作。美洲豹呼应着经典大作中的时髦光芒与极致女人味，它定义了一种全新的优雅，完美吻合当下、尽显现代光华。（亚力克西·图布朗）

荣誉：
2015 年荣获气味大赏最佳女香奖。

芳香不老药 ········ 美洲豹 ········ 纳茜索
倩碧　　　　　　卡地亚　　　　纳茜索·罗德里格斯
P. 97

品牌：	调香师：	问世时间：	类型：
爱马仕 Hermès	让－克罗德·艾列纳 Jean-Claude Ellena	2014	淡香水

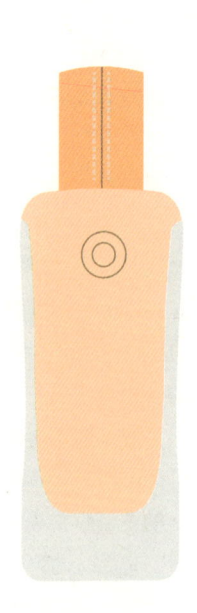

侧面

正面

顶部

标志

天使皮革 CUIR D'ANGE

内心的天使。有些香水不仅是装饰物或情绪的映射，更是向我们内心敞开的大门，让我们有机会做梦，与自己对话。

一个温柔的夏末，空气中的忧郁山雨欲来。一股皮革味从肤色的瓶子中喷薄而出，一团柔和朦胧的云安抚了周遭的一切，它摇曳于毛茸茸的鸢尾香与麝香中。小女孩嘴里嚼着的半生不熟的榛子散发出美妙的香味，混着她爸爸身上皮夹克的味道。一幅幅画面在泡泡中不断放映，是这件抽象作品的奇妙质地吹出了这些泡泡，它们游离于时空之外，香水中的原料在皮肤上既不笨拙也不厚重，但依旧存在感十足，始终热情似火。

这件作品毫无保留地展现着自己的魅力，同时留下充足的想象空间，令使用者能够用自己四处搜罗来的或梦中偶得的珍贵碎片完成这幅独一无二的画卷：海上花园里晾晒着的被单散发出干净、洁白的味道，口袋深处零星的孜然见证了远行的脚步，在幽深的灌木丛中摘采下一株紫罗兰，被太阳爱抚后的肌肤暖意融融。没有刻意安排，一切水到渠成。不必刻意区分前调和尾调：这件写实作品无限扩张自己的疆域，打破了寻常的分类法则，也挑战着香水的固有结构。因为在这瓶香水里，一切都是核心。

2014年，艾列纳向我们揭示出香水作为艺术品的本质：个人的情绪与生活，以及他想要将打动他的一切装进瓶子里的迫切需求，二者共同造就了这种高度私人化的产物；香水同时还具有普遍性，懂得抓住每个人的心并为其送去光明。

来自天空又属于大地，充满人情味又清心寡欲，抽象难懂又饱含深意，天使皮革在不同肌肤上呈现出千变万化的模样，并对每个人显露它的光芒，倾吐它的阅历与它的梦。（塞西尔·克鲁埃）

荣誉：
2015年荣获气味大赏最佳工艺奖以及香水基金会大奖中的专家奖（大品牌类别）。

冬之水 ·········· 天使皮革 ·········· 普罗旺斯田园
馥马尔　　　　爱马仕　　　　阿蒂仙之香

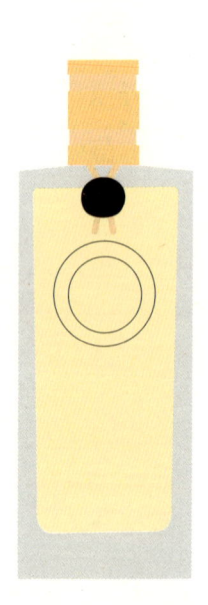

品牌：	调香师：	问世时间：	类型：
尼古莱	帕特丽夏·德·尼古莱	2014	淡香水
Nicolaï	Patricia de Nicolaï		香水（浓香型）

侧面

正面

顶部

标志

NICOLAÏ
PARFUMEUR - CRÉATEUR
PARIS

纽约极致 NEW YORK INTENSE

巴黎—曼哈顿。当我们第一次闻到尼古莱的香水纽约极致时，很难透过它想象出曼哈顿的天际线，因为摆在我们面前的似乎是一款属于巴黎的香水。不过，与寻常的刻板印象不同，香水里住着一缕令人难忘的光，是这束光将香水与这座美国城市联系了起来。

香柠檬率先登场，散发出胡椒味，浓稠又青翠，美丽不可方物，人们立刻就能猜到它即将引出一个经典的故事。但这时一道鲜明的反差出现，一边是清新爽人的柑橘调，另一边则是少许火热的来自辛香料、木头与香膏的组合。光芒四射、水润多汁、生机勃勃，如此富有朝气的柑橘调差点被一股粉末调抢了风头，后者以树脂和香草作为基底，它肥皂般的味道出自杏仁和天竺葵。皮革香与木香接踵而至，它们仿佛带我们走进了上流社会的酒水吧，在那里，绅士们倚在皮沙发上，抽着香烟。与这两股香味并行的，是烙有 20 世纪 80 年代印记的干燥辛香料（胡椒、辣椒、肉桂），它们紧紧围绕在广藿香身边，广藿香为香水营造出与娇兰遗产相似的氛围。纽约极致的前调更容易让人联想起另一款绝美的香水——满堂红，香水的那份阴郁在满堂红中也展现得淋漓尽致。

如此看来，既然香水能让人们联想起名门望族的其他家庭成员，那么它就没有必要羞于与它名声赫赫的表亲们作比较，因为与它们一样，纽约极致也有着极具辨识度的专属特点。尽管鲜少有人这样评价，但纽约极致仍不失为一大最美经典香水：它复古、迷人却永不过时。纽约极致是法兰西经典香水的魅影，它与同名的那座城市一样，无懈可击又雍容华贵。啊，纽约，纽约……（托马斯·多曼格）

荣誉：
在 2015 年气味大赏中荣获最具热情奖。

更新换代：
多年来，尼古莱一直致力于推陈出新，将品牌的部分香水升级为"极致"版本。因此，纽约在 2014 年升级为纽约极致，它忠实于原始配方但浓度更高。

满堂红 ———— 纽约极致 ———— 黑色
娇兰　　　　　尼古莱　　　　　汤姆·福特
P.79

品牌： 香奈儿 Chanel	调香师： 奥利维尔·波巨 Olivier Polge	问世时间： 2015	类型： 香水

侧面 | 正面

顶部 | 标志

米西亚 MISIA

"赤"勇双全。这是奥利维尔·波巨为香奈儿创作的第一款香水，收录于"珍藏"系列。香水得名于米西亚·塞尔特，她原名戈德布斯卡，1872年出生于圣彼得堡，是一位天性不羁的钢琴家，对于加布里埃·香奈儿——这位集智慧与艺术气息于一身的20世纪末先锋来说，米西亚既是她的启明星，也是她的好伙伴。她是缪斯，是知己，也是充满解放精神的密友。但与其说这瓶香水是为纪念一位女士而生，不如说它更注重还原往昔世界的魅力。

乙醛味的前调活跃却短暂，它将我们引领向20世纪20年代埃内斯特·鲍的作品，随后，一朵美丽的紫罗兰绽放，展现出已然香消玉殒的卡朗香水紫色珍宝的风采。覆盆子与紫罗兰这对老搭档依旧那么神秘，岿然不动地守着自己的阵地。这时，紫罗兰拥住一株玫瑰，这是一株极品，它丰腴肥美、恣意绽放，拥有绝佳品相，与娜希玛有着异曲同工之妙。

容光焕发的黄色水果们如不速之客般突然造访，它们四处探头探脑，在香味中时隐时现，让人联想起某些果味西普调香水，比如圣罗兰的醉爱，让·巴杜的我知道什么，抑或是爱慕的月之咏叹。这时，气势磅礴的鸢尾调应声而出，集中火力将已成残枝败叶的玫瑰吞噬，香水立刻形同枯槁。尽管米西亚中有一股掩藏不住的脂粉味，但得益于鸢尾的存在以及调香师精心的调配，香水能够不落俗套，避免与写实派香水中的那些庸脂俗粉混为一谈。它蕴藏着香水界经典大作所具有的抽象精神。微微散发出杏仁与香豆气息的尾调，在香膏味中华丽谢幕。

米西亚的图谱包含各种味道——花香、果香、粉感、东方调，最终这些香调相互交融。原料的高品质让这件美丽的作品熠熠生辉，它在赢得尊重的同时还激发了人们的热情。（约翰·塞尔维）

荣誉：
2016年荣获气味大赏最佳工艺奖以及香水基金会大奖中的专家奖（大品牌类别）。

巴黎　　　　　口红玫瑰　　　　　米西亚
圣罗兰　　　　馥马尔　　　　　　香奈儿
P. 123

品牌：	调香师：	问世时间：	类型：
帝国之香 Parfum d'empire	马克－安托万· 卡西利亚多 Marc-Antoine Corticchiato	2015	香精

侧面

正面

顶部

标志

禁忌烟草 TABAC TABOU

如烟美梦。烟草是香水界绕不开的一个主题,它蕴含的花香、甜蜜的绿植调、皮革味抑或是动物感都曾被挖掘利用。在禁忌烟草中,马克-安托万·卡西利亚多将一种化学合成原料呈现在我们面前,这种原料探索着烟草与水仙之间的气味关联,后者丰富油腻的香调与前者如出一辙。在这瓶香水里,烟草纯香的用量接近允许范围的上限,其余原料则甘当它身旁的绿叶,烟草中的动物味、植物味、草本味以及果味得以更加绵长。在柑橘调轻盈短暂地飘过后,水仙被彻底引爆,尽情展露自己最美的风姿,朝气蓬勃的它,散发出干草味与干花香的它,同时也是轻甩秀发的它。它与蜂蜜的甜味喜结连理,游走在永恒的光与影之间。但最有趣的部分才刚要开始,光彩照人的花香中调渐渐绽放,有椴花、丁香、金合欢与含羞草。一切衔接完美。东方调用粗犷且带着烟熏味的皮革修饰了香水的轮廓,使它更加圆润饱满,动物调则与植物调亲密融合。在略显野性的外表下,这团烟草实际藏着颗极其精致的心。整体的芳香味道高雅又别具一格,如上等阿姆斯特丹手卷烟丝般香醇,甜蜜中略带油脂,这股味道在肌肤上缱绻几个小时后逐渐消散。它的余韵令人难以忘怀,但绝不会过分浓郁、叫人喘不上气。对于一款香水,人们通常会做出这样的评价:"它不赖,因为它很特别!"确实如此……但是它好闻吗?在香水界中,存在实验型、粗放型以及侵略型香水,它们完全不考虑审美,因此只能满足小部分人的偏好。一方面,禁忌烟草独树一帜,因为它的香味极易辨别,另一方面,它也很好闻,这要归功于它的协调、深邃与平衡。尽管整瓶香水偏于浓厚,但依旧不妨碍其中的每个香调畅快呼吸、活出本色。它们个个都茕茕孑立、光芒万丈。(约翰·塞尔维)

荣誉:
2016 年荣获气味大赏最佳情绪奖以及香水基金会大奖中的专家奖(小众品牌类别)。

绯闻
浪凡
P. 263

禁忌烟草
帝国之香

| 品牌：
馥马尔
Éditions de parfums
Frédéric Malle | 调香师：
多米尼克·罗皮翁
Dominique Ropion | 问世时间：
2015 | 类型：
香水 |

侧面

正面

顶部

标志

EDITIONS DE PARFUMS
FREDERIC MALLE

夜晚 THE NIGHT

乌木大师。为了响应香水界中刮起的乌木热,馥马尔与多米尼克·罗皮翁仔细观察着身边不断涌现的投机分子们。他们没有借助张扬的木调分子来演绎这种昂贵稀缺的木材,而是通过增添香水中天然原料的剂量,开辟了一种新视角,聚焦于香水界中的动物、有机以及文化领域。

罗皮翁完全领悟了掌上明珠教给我们的一个关键原则:动物性是双重的,远非一成不变的简单存在,而是与植物群体密不可分,并且给予它们助攻与支持。在夜晚中,调香师成功地让乌木扮演了本该由古老动物调担当的角色,但配上了符合当下的台词。前调中,传统的柑橘调为大量红果子腾出空间。它们光芒四射、闪耀动人,将嘶吼的乌木带来的金色皮毛感压制住。随后,这头小山羊摇身一变,成为香水的木调脊梁,直至一株馥郁芬芳的玫瑰款款而来,它是贵妇肖像里的那枝玫瑰。这位万花之后锋芒毕露:散发出果香又洒下一道月光,野性十足同时还不忘大秀性感,它的点滴美好唤醒了一颗跳动的心。但当我们向香水靠近,它又切换为绿色调,散发出阵阵柠檬香:出现在我们眼前的,似乎是天竺葵先生与它那股劲爽的薄荷味,气味如电流般铿锵有力。

夜晚是一款熠熠生辉的香水,一方面在于它技术上的成功,另一方面则因为它能让人们感受到调香师作品中的调协,它充分展示出一件气味作品是如何使创作者在过去探索的主题与构想得以延续生命。除此之外,它还展示出创作者如何重新演绎现代香水界的密码,从最初的摸索一直到最新的尝试,中途还经历了变革、质疑与试错。夜晚呈现给大众的,是气味文化的完整一面。(亚力克西·图布朗)

掌上明珠	M7 绝对乌木	夜晚
娇兰	圣罗兰	馥马尔
P. 21	P. 185	

品牌：	调香师：	问世时间：	类型：
内奥米·古德瑟 Naomi Goodsir	伊莎贝尔·杜瓦扬 Isabelle Doyen	2017	香水

侧面

正面

顶部

标志

白花之夜 NUIT DE BAKÉLITE

晚香"玉"缸。 内奥米·古德瑟以创作怪诞风的服装配饰而闻名于世，这位澳大利亚籍女设计师在 2012 年进军香水界，她创作出的香水是其个人世界的延伸，映射出她奇幻主义的风格，时髦且永恒。她携手伊莎贝尔·杜瓦扬共同打造出品牌的第一件联名作——白花之夜，这款香水大获成功，它个性张扬、性感撩人又魅力四射。

绿色的气息，由错落有致的花朵拼凑出的骨骼，眼神睥睨的晴天木头人：这一方气味世界诗意盎然又奇异非凡。晚香玉是香水的主心骨，它吐出清新的气息，这朵白花兼具植物性与药性，两种特性与鸢和它的伙伴胡萝卜的根茎交织缠绕在一起。小豌豆音符在巨型白松香嘴里蹦跶，喷出一团淌着爽脆汁液的蒸汽，与此同时，紫罗兰为复古的绿色西普调勾勒出轮廓。辛香料在烟草香中融化，又湮灭于火热的树脂与铜绿色皮革中。一朵花、一种颜色、一堆柴火：伊莎贝尔·杜瓦扬碾碎了野草，调制出鲜花精粹水，高超的艺术造诣使她能够带着激情的眼光看待世界，看待那些组成香水的味道。

浪漫漆黑的夜晚，树木凋零、花朵枯萎的夜晚，幽灵飘过、狼人出没的夜晚：你绝对不可能闻到过与白花之夜相似的味道。喷上它，你就踏上了另一条路。卷起的裤脚边露出的脚踝、踱步声震耳欲聋的高跟鞋还有腐烂的衣服，通通见鬼去吧！请大口吞下这朵炭火做的花，品尝甜椒的唾液，抚摸肥肉并感受它暗黑的质地。凭借这件史无前例的气味作品，内奥米·古德瑟与伊莎贝尔·杜瓦扬成功地将已半截入土的小众香水拯救了出来，香水给人们带来深深的震撼。（亚力克西·图布朗／让娜·多雷）

荣誉： 2018 年荣获气味大赏最佳情绪奖、香水基金会大奖中的专家奖（独立小众品牌类别）以及艺术与气味大奖中的独立香水奖。

绿风 .... 喧哗 .... 白花之夜
巴尔曼　　　罗贝尔·皮盖　　内奥米·古德瑟
P. 53　　　　P. 59

1905
↓

一生中
本不应错过的
香水

↓
至今

1905至今。对于一款香水的消失，可能会有千万种解释，它们的离开带给钟情于它们的男男女女巨大的失落感。香水品牌倒闭或易主，重要组成原料被禁用，配方生产成本过高，销量不佳……在如今的市场中，每过几个月就又有一款香水被淘汰，它们甚至还没能来得及证明自己，这份气味消失清单从来都是有增无减。然而，还是有这么一个地方，人们可以在那里（再）探索这些逝去的味道：香水档案馆（l'Osmothèque 见p.267），地处马赛，一家名副其实的香水收藏馆，只需一次参观的时间，它便能带您重识那些因收益不佳而惨遭淘汰的香氛。

品牌：	调香师：	问世时间：	类型：
科蒂 Coty	弗朗索瓦·科蒂 François Coty	1905	香精（停产）

侧面

正面

顶部

标志

牛至 L'ORIGAN

猛兽来袭。即将呈现在我们眼前的是现代香水的一位开山鼻祖,这款香氛同时还预言并定义了一个世纪的香味创作。从蓝调时光到翱翔,以及二者之间的露露、禁忌和毒药,诞生于1905年的牛至拥有数量相当庞大的衍生香水。凭借这一杰作,科蒂开创了辛辣琥珀花香调的分支,即东方花香调。香水以琥珀香为基底,加入了馥郁的花香调(通常为橙花),并辅以辛香调(丁香、芫荽)与草本调。

牛至是一款美妙的香水,但惹人嫌的前调使它难觅知音也不易被驾驭。前调苦涩、粗犷又带着股药味,同时它还散发出香柠檬与橙花油的气息。中调则完全由花香统领,主角是橙花与紫罗兰,康乃馨辛辣的气味衬托在旁。牛至与蓝调时光极为相似。怪不得人们常说,只要科蒂推出一款香水,娇兰就会迫不及待地跟风。不过如果说科蒂采用野兽派风格作画,并追求浓艳亮色间的和谐统一,那么娇兰似乎则是透过印象派的视角看世界。打个比方,相比于蓝调时光,牛至更加凸显了丁香刺激甚至咄咄逼人的特质,这朵花丝毫不掩饰自己的锋芒。而花香调则简单直率,带来了一系列"滚雪球"效应。我们能感受到香水基调释放的能量(其中有甲基紫罗兰酮、赤藓红以及龙涎香醇),一切来得太快,会让你感到难以招架。随后,天荠菜香与琥珀余韵完全绽放,香水逐渐趋于柔和与圆润。整瓶香水以完美的粉感画上句点。

如今牛至已香消玉殒,但绵延不绝的后嗣仍是它骄傲的资本,正是这些后辈的存在使得牛至留下的回忆与盛名得以永垂不朽。(约翰·塞尔维)

牛至	蓝调时光	翱翔
科蒂	娇兰	卡朗

P. 27

品牌：	调香师：	问世时间：	类型：
科蒂 Coty	弗朗索瓦·科蒂 François Coty	1917	香精（停产）

侧面

正面

顶部

标志

西普 CHYPRE

昏暗的大地。在 1917 年之前，有数不清的香水曾用"西普"二字署名，它们的重名还因此造成了一番混乱局面。就在这时，约瑟夫·玛丽·弗朗索瓦·斯波图诺正式确立了这种即将在日后成为香水界绝佳代言人的香味类型，而这位调香师的另一个名字——弗朗索瓦·科蒂更加为人熟知。前调明媚轻盈，尾调昏暗似林下灌木丛，两者间是一片明暗交织的地带，这种效果乃调香师的杰作，如今的不少香型也发源于此。经典的香柠檬味与泥土香交叠在一起，与此同时，中调里的玫瑰与茉莉花香送来了繁茂与明亮。动物香、广藿香与橡木苔使香水脱颖而出，它在琥珀的点缀下更添圆润柔和。

比起勾引，西普更善于魅惑。等到 1919 年，雅克·娇兰才再次采用这种有些冷硬的香调进行创作，他为其披上了一层毛茸茸的桃子皮，使它的气味更加亲切可人，蝴蝶夫人就这样翩翩飞来……科蒂西普的后代们似乎更协调也更具吸引力，因为它们中通常都掺入了其他几种香味类型。长了层苔藓的金属框架与它的连接系统、齿轮、中心轴都已就位，唯独缺少润滑剂——油，它对于机械的灵活运转而言必不可少。

不管怎么说，西普仍拥有坚不可摧的气味架构，足以为 20 世纪的诸多巅峰杰作提供强有力的支持。科蒂创造的这一结构原型绝非平庸之辈，西普的结构可以被看作最简化的形式，因而足够"统领大局"。将卓越与神秘完美结合，西普为香水二字赋予了更深的涵义。（托马斯·多曼格）

他曾用过：
克拉克·盖博

西普 ·············· 蝴蝶夫人 ·············· 罗莎女士
科蒂　　　　　　娇兰　　　　　　罗莎
　　　　　　　　P. 29　　　　　　P. 51

品牌： 浪凡 Lanvin	调香师： 泽德女士 Madame Zed	问世时间： 1924	类型： 香精（停产）

侧面	正面
顶部	标志

我的罪 MY SIN

醉人的罪。 我的罪（原名为法语 mon péché，后更名为英语 my sin）诞生于 1924 年，即一战结束六年后、琶音问世三年前，它出自神秘的俄国调香师泽德女士之手。

气味柔和的醛使经典花香在空气中回旋。玫瑰与茉莉身旁团簇着带有粉末感的鸢尾，依兰花以及集辛辣、粗放与肉感于一身的水仙，营造出不属于这个年代的复杂皂感。动物香调的加入让香水立刻热流涌动，同时带来的还有动物的颤抖、喧腾与悸动，先前的肥皂味立刻被更具肉感的动物皮毛味取代。这款香水因为含有醛而勾起人们对洁净的联想，醛因此成为干净的代名词，而香水中本该被抹杀的野性又若隐若现，并最终再度回归，就好像蛰伏在我们身体里的那只劫后余生的野兽，挣扎于泥潭与净土之间。与洁净同样不怎么沾边的麝香又延续了这种效果，它们摇身一变，幻化为一团扑在我们脏兮兮的皮肤上的爽身粉。

如今，探索这款香水成了一件挺吸引人的事儿，因为它见证了环境的变化万千以及一个世纪以来的点滴嗅觉印记。

香水后来改用英文名也暴露了战后一定程度上的投机主义，在这场结束的战争中，作为欧洲的救世主，美国人化身为欧洲人民渴望企及的一场梦，他们同时也成为了各类商品瞄准的目标受众。

能使婚礼同时沾染上纯净与污浊的气息，我的罪充分展现出作为情欲香的那一面，它略带一点颓废，拷问着我们对美和对身体的迷恋，究竟什么代表好品位、什么有待商榷。令人遗憾的是，我的罪于 1988 年停产，但它始终都是特立独行的那一个，也正是这份独特使它几乎无处容身。（约翰·塞尔维/托马斯·多曼格）

她曾用过：
简·曼斯菲尔德

黑水仙
卡朗
P. 25

我的罪
浪凡

忽必烈麝香
芦丹氏
P. 171

品牌：	调香师：	问世时间：	类型：
浪凡 Lanvin	安德烈·弗雷斯 André Fraysse 保罗·瓦彻 Paul Vacher	1933	香精（停产）

侧面

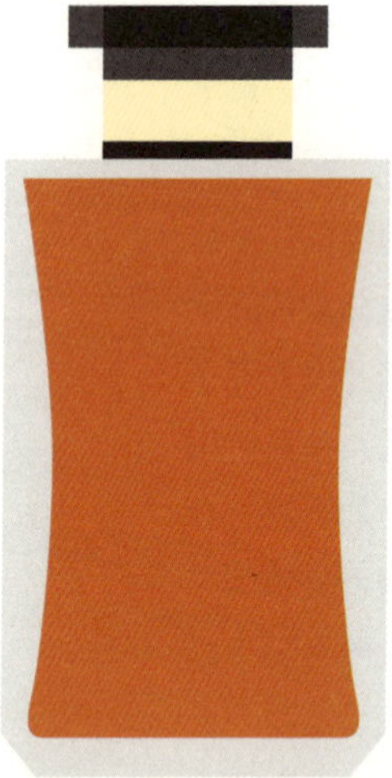

正面

顶部

标志

绯闻 SCANDAL

吸烟室里的皮革香。在经济、金融双重危机的大背景下,保罗·瓦彻与安德烈·弗雷斯共同为珍·浪凡女士打造出这款香水,它随即便被纯粹主义者们奉为现代香水界最伟大的皮革调香水之一。

绯闻致力于还原皮革的味道,并且不打算对其进行任何提纯处理,但事实上,人们闻到的这股皮革香还是经历了天然有机元素的易位,因为皮肤上不断发生着一些转化运动,从而改变了皮革原本的气味。

这是一款绝妙的香水,海狸香是其中的制胜法宝。这种动物原料,极易辨别,散发出一股橄榄与中国墨水的味道。萦绕不散,永无止息,它延展了皮革,并对其进行加工、包裹、涂油,将它打造为一个保护层。绯闻缓缓释放出美妙干燥的鸢尾香,似乎是这股香气吸收了海狸香满溢的油腻。

于是,一块名贵的皮革成型了,它格外时髦与精致,几乎就像一件雕刻完美的建筑作品。玫瑰与茉莉,两朵永恒之花,像两条金丝线,为原本异常阴郁的香水带来些许亮光。短暂的平静后,紧张的气氛突然卷土重来。绯闻悄无声息地释放出一阵阵气味,既有高浓度橡木苔的那股泥土般的、几乎有点呛人的咸味,还有桦树的烟熏味,让人联想起一块陈旧的,甚至都长了霉的硬皮革。最后,香水突然爆发,喷射出一团麝香,弄脏我们全身,它则在这片污浊中洋洋自得。八十年前,唯有那些胆大厚颜的人才敢喷这款香水!

可惜的是,绯闻自始至终都没有像它那位醛香型胞兄琶音一样声名远播。不过,除了没能引起较大反响,终究还是香水在1971年的退隐与停产铸成了真正的遗憾。一切都如时间般,随风而逝。(约翰·塞尔维)

银幕流芳:

在让-保罗·拉佩诺执导的影片《一路顺风》(2003)中,让-埃蒂安·布福(杰拉尔·德帕迪约饰)一边嗅着薇薇安·当韦尔(伊莎贝尔·阿佳妮饰)的秀发,一边对她说:
– 珍·浪凡?
– 不好意思,您说什么?
– 您的香水,是浪凡吗?
– 对,是绯闻。您喜欢?
– 非常喜欢。

俄罗斯皮革　　　　绯闻　　　　迪奥之魅
香奈儿　　　　　　浪凡　　　　迪奥
P. 37

品牌： 纪梵希 Givenchy	调香师： 丹尼尔·霍夫曼 Daniel Hoffman 达尼埃尔·莫里哀 Daniel Molière	问世时间： 1980	类型： 淡香水（停产）

侧面

正面

顶部

标志

纪梵希之水 EAU DE GIVENCHY

美丽的小雏菊。在那些我们通常可以于各大商场找到的淡香水中，默默无闻的纪梵希之水无疑是最特别一个。20世纪80年代的香水界以盛产气味炸弹而著称，因此，纪梵希之水在其中显得格格不入，人们更应该在最早期的洗发香波，比如淳萃（卡尼尔）以及蒂沐蝶中寻觅该香水的香调，即绿色调、柑橘调、花香调，它的气味甘甜如蜜，带给人们自然与纯净的感觉。

香水的前调吸纳了经典古龙水的结构。绿色调抢先亮相，橘子和柚子是其中的主角，一股植物的、芬芳的清新之气扑鼻而来（薄荷、罗勒）。但紧接着，一捧娇花粉墨登场，它新鲜柔嫩，花瓣上还缀着颗颗露珠。椴花、茉莉、忍冬和铃兰满心愉悦地嬉闹绽放，而当经典的西普木香到来后，它们又悄无声息地枯萎衰败。整瓶香水让人联想起绿意盎然的青草地中的一丛小雏菊。满满的天真烂漫、无忧无虑，纯净无暇，纪梵希之水好似一抹舒展的笑颜，在万里无云的春日天空下绚烂绽放。似乎少了这春和景明的日子，人们就想象不出香水的模样，因为美好的春光同时也意味着寒冬过后的万物复苏。（约翰·塞尔维）

> **更新换代：**
> 2018年，品牌决定推出另一款纪梵希之水，瓶身以及配方都完全不同于原版。原始版本就此退出市场。

安妮 …………… 纪梵希之水 …………… 伊甸园情缘
卡夏尔   纪梵希   卡夏尔

参考书目

若您仍想了解更多有关香水创作及其历史的知识,以下6本重要著作供您参考。

《香水传奇——法国百年香味创作》
(Parfum de légende——un siècle de créations françaises, Michael Edwards)
暂无中译本

作为全球闻名的美国专家,迈克尔·爱德华兹在1998年编写了这本现代香水宝典,如今它更是成为了香水行家们心目中的《圣经》。本书通过介绍历史与社会背景为人们精心呈现了44款在历史上举足轻重的香水,同时作者根据相关调香师的个人经历,附上大量香水调制过程中的趣闻与细节。从1889年娇兰的掌上明珠,到1992年穆勒的天使,在本书的带领下,读者们能够全身心沉浸入20世纪伟大香水幕后的一段段故事中。

《香水,从开始到现在》
(Le parfum des origines à nos jours, Annick Le Guérer)
暂无中译本

作为嗅觉与香水领域的人类学家、哲学家以及史学家,阿尼克·勒盖莱在书中提到了许多香水参考书,比如《气味》(已有中译本,黄忠荣译,湖南文艺出版社2001年出版)、《如果香水会说话》(暂无中译本)。时而被捧上神坛,时而被赋予药用,时而也会遭人轻视,有时是梦的主角,有时又是批量销售的产品,香水引领我们走入一段迷人的时光旅行,旅行中,我们可以发掘从古代一直到21世纪初的那些香水不同的用途、寓意及其各自考量的因素。

《调香师日记》
(Journal d'un parfumeur)
让-克罗德·艾列纳 著,张乔玟 译,中信出版社,2017

详细记录了这位将香水视作智慧与艺术建造的调香师的感受、思想与探求。为了让人们更好地理解他的职业,作者在书中带领人们近距离体验他本人一年的工作。18个"嗅觉幻想"秘方汇成一本迷人的气味缩影,这本零距离日记文笔清晰详实,将作者创作的香水完美呈现在读者面前。

《香水——历史、散文、辞典》
(Les parfums. Histoire, Anthologie, Dictionnaire, Élisabeth Feydeau)
暂无中译本

关于香水记述最详实的著作之一(同时也是最厚的一本,总共有一千多页),涵盖了从新石器时代至今日的整段香水史,一本汇集了调香师笔记与文学片段的散文集,一部记录了所有细枝末节的香水辞典。

《香水100问》
(100 questions sur le parfum, Béatrice Boisserie)
暂无中译本

一本笔调轻快、可供消遣的不完全香水指南,内容既有荒诞不经的提问,也会跳跃到其他更严肃的话题。本书热衷于挖掘有关香水工艺、科技、历史以及未来相关的奇闻逸事,是一本非常适合入门者阅读的通俗读本。

《香水——一段隐秘的故事》
(Parfums. Une histoire intime. Denyse Beaudieu)
暂无中译本

一本跨越了三个时空的小说,糅合了一段浪漫邂逅催生的香水、一个女人的一生以及在历史上留下浓墨重彩一笔的那些香水。动人、私人又精专,这本自传更像是一份对香水发出的爱的宣言,风格鲜明,评断公正。

《香水之书》
(Le Grand Livre du Parfum)
让娜·多雷 主编,湖南文艺出版社,2023

这本《鼻子》杂志合集带人们走入一段奇妙的旅行,人们可以徜徉在一方既广阔又未知的香水世界中。本书将揭露香水隐藏最深的那些秘密,并解答所有与之相关的问题。香水界在几个世纪中是如何发展的?香水瓶中的这些原料到底从哪儿来?调香师的工作有哪些?一款香水的创作、发展与调制背后究竟有着怎样的故事?本书将用真诚且专业的笔调痛击那些屡见不鲜的陈词滥调以及人们心中的固化观念,并驳斥所有唬人的、晦涩的言论。

香水宝地

香水档案馆 L'OSMOTHEQUE

地处马赛的 l'Osmothèque 是第一家也是唯一一家香水收藏馆。它诞生于 1990 年，由让·柯莱奥联手多位伟大调香师共同创建，收藏馆如今汇集了 4000 款香水，其中的 800 款已经在市面上停产。在这些香氛中，有些是根据 l'Osmothèque 调香师留存的配方重新调配而得，有些则是由各香水品牌提供。收藏在列的香水中不乏珍品，比如科蒂、波烈、娇兰以及巴杜的经典代表作，甚至还有雅克·法特大名鼎鼎的灰色鸢尾。L'Osmothèque 致力于收藏并保存香水界遗珠，传播香水知识，还经常在巴黎为专业人士、学生、香水爱好者以及新入门者开设各类主题的讲座。

更多信息详讯网址：
osmotheque.fr
电话：(+33) 01 39 55 46 99

博物馆：

国际香水博物馆
2, boulevard du Jeu-de-Ballon
06130 格拉斯
电话：(+33) 04 97 05 58 00
网址：museesdegrass.com

香水博物馆
3-5, square de l'Opéra-Louis-Jouvet
75009 巴黎
电话：(+33) 01 40 06 10 99
网址：musee-parfum-paris.fragonard.com

香水网站

- atrecherche.blogspot.fr
- www.auparfum.com
- chroniquesolfactives.blogspot.com
- www.chyprerouge.com
- dr-jicky-and-mister-phoebus.blogspot.fr
- www.flairflair.com
- grainedemusc.blogspot.com
- www.journaldunanosmique.com
- musquemoi.blogspot.fr
- www.nez-larevue.fr
- olfactorum.blogspot.fr
- www.olfatheque.com
- www.parfumista.net
- paroles-dodeurs.overblog.com
- www.poivrebleu.com

调香师目录

米歇尔·艾麦瑞克
华氏温度
迪奥
P. 137

亨利·阿梅哈
喜悦
让·巴杜
P. 43

丹妮拉·安德利亚
鸢尾轻芬
普拉达
P. 219

埃内斯特·鲍
5号
香奈儿
P. 35
—
俄罗斯皮革
香奈儿
P. 37
—
岛屿森林
香奈儿
P. 41

卡洛斯·贝奈姆
马球
拉夫·劳伦
P. 105

亨利·贝纳尔
哈巴妮特
慕莲勒
P. 33

皮埃尔·波顿
科诺诗
圣罗兰
P. 117
—
林之妩媚
芦丹氏
P. 149

劳伦·布吕耶尔
异型
穆勒
P. 207

马克·巴克斯顿
二号男士香水
川久保玲
P. 199

弗朗西斯·卡迈尔
乔治
比华利山
P. 119

让·卡莱斯
迪奥小姐原版
迪奥
P. 57

弗朗索瓦·卡朗
橘绿之泉
爱马仕
P. 109
—
玫瑰之影
芝恩布莎
P. 115

约瑟芬·卡塔帕诺
青春朝露
雅诗·兰黛
P. 65

雅克·卡瓦利耶-贝勒特
一生之水
三宅一生
P. 151
—
M7 绝对乌木
圣罗兰
P. 185

热尔梅纳·塞利埃
绿风
巴尔曼
P. 53
—
喧哗
罗贝尔·皮盖
P. 59

贝尔纳·尚
倔强
葛蕾
P. 69
—
芳香不老药
倩碧
P. 97

马克-安托万·卡西利亚多
东京麝香
帝国之香
P. 237
—
禁忌烟草
帝国之香
P. 249

弗朗索瓦·科蒂
牛至
科蒂
P. 257
—
西普
科蒂
P. 259

奥利维尔·克莱斯普
天使
穆勒
P. 153

哈利·卡特勒
乔治
比华利山
P. 119

埃内斯特·达尔多夫
金色烟草
卡朗
P. 31
—
卡朗男士
卡朗
P. 47
—
黑水仙
卡朗
P. 251

弗朗索瓦·德玛奇
自我
香奈儿
P. 143

伊莎贝尔·杜瓦扬
南方之水
古特尔
P. 165
—
白花之夜
内奥米·古德瑟
P. 253

伯特兰·杜乔福
梵音藏心
阿蒂仙之香
P. 217

让-克罗德·艾列纳
绿茶
宝格丽
P. 147
—
宣言
卡地亚
P. 173
—
白树森林
阿蒂仙之香
P. 193
—
大地
爱马仕
P. 211
—
蓝色水仙花
爱马仕
P. 239
—
天使皮革
爱马仕
P. 243

弗朗西斯·法布龙
比翼双飞
莲娜·丽姿
P. 61

娜塔丽·费斯托埃
橘彩星光
爱马仕
P. 201

爱德华·弗莱希埃
毒药
迪奥
P. 131
—
一轮玫瑰
馥马尔
P. 189

安德烈·弗雷斯
绯闻
浪凡
P. 263

奥利维娅·贾科贝蒂
苍穹
爱纳克斯
P. 195

罗贝尔·戈农
绿逸
兰蔻
P. 83

安霓可·古特尔
尊爵之香
古特尔
P. 127
—
南方之水
古特尔
P. 165

索菲亚·格罗伊斯曼
巴黎
圣罗兰
P. 123
—
永恒
凯文·克莱
P. 139
—
璀璨
兰蔻
P. 145

艾梅·娇兰
掌上明珠
娇兰
P. 21

雅克·娇兰
阵雨过后
娇兰
P. 23
—
蓝调时光
娇兰
P. 27
—
蝴蝶夫人
娇兰
P. 29
—
一千零一夜
娇兰
P. 39
—
午夜飞行
娇兰
P. 45

让-保罗·娇兰
香根草
娇兰
P. 71
—
满堂红
娇兰
P. 79
—
爱之鼓
娇兰
P. 85
—
娜希玛
娇兰
P. 111

让·吉夏尔 露露 卡夏尔 P.135	安托万·李 激情喷射 解放橘郡 P.209	贾克·波巨 左岸 圣罗兰 P.95	莫里斯·鲁塞尔 法布街24号 爱马仕 P.161	埃内斯特·希夫坦 香槟 法贝热 P.77
皮埃尔·纪尧姆 茶话 皮埃尔·纪尧姆 P.187	娜塔丽·洛尔松 墨恋 莱俪 P.215	可可小姐 香奈儿 P.125	银鸢鸢尾花 芦丹氏 P.157	让-路易·修扎克 鸦片 圣罗兰 P.103
丹尼尔·霍夫曼 纪梵希之水 纪梵希 P.265	尼古拉斯·马穆纳斯 罗莎之水 罗莎 P.89	自我 香奈儿 P.143	熠动 娇兰 P.213	漂亮朋友 爱马仕 P.133
米歇尔·海伊 左岸 圣罗兰 P.95	卡尔·曼 香槟 法贝热 P.77	奥利维尔·波巨 桀骜男士 迪奥 P.205	在你怀中 馥马尔 P.223	华氏温度 迪奥 P.137
塞尔日·卡卢金 水中影 蒂普曼提克 P.121	安霓可·梅纳尔多 一号香水 洛丽塔 P.167	米西亚 香奈儿 P.247	埃德蒙·鲁德尼茨卡 罗莎女士 罗莎 P.51	丛林 高田贤三 P.163
让·柯莱奥 1000 让·巴杜 P.99	香颂男士 宝诗龙 P.169	盖伊·罗贝尔 驿马车 爱马仕 P.73	爱马仕之水 爱马仕 P.63	卢卡斯·修扎克 月之咏叹25 爱慕 P.221
维若·克恩 米图 维若之香 P.235	红毒 迪奥 P.175	亨利·罗贝尔 19号 香奈儿 P.91	迪奥之韵 迪奥 P.67	鲍勃·斯拉特里 激情 凯文·克莱 P.129
弗朗西斯·库尔吉安 裸男 让·保罗·高缇耶 P.159	银影清木 迪奥 P.197	多米尼克·罗皮翁 丛林 高田贤三 P.163	清新之水 迪奥 P.81	亨利·索尔萨那 黑莓缪斯 阿蒂仙之香 P.107
为她 纳西索·罗德里格斯 P.191	达尼埃尔·莫里哀 纪梵希之水 纪梵希 P.265	醉人晚香玉 馥马尔 P.203	迪奥蕾拉 迪奥 P.101	莫里斯·索齐奥 广藿香 回忆 P.93
绝对黄昏 弗朗西斯·库尔吉安 P.233	艾伯特·莫瑞拉斯 一枝花 高田贤三 P.181	异型 穆勒 P.207	拉尔夫·施维格 橘采星光 爱马仕 P.201	保罗·瓦彻 迪奥小姐原版 迪奥 P.57
让-弗朗索瓦·拉波特 黑莓缪斯 阿蒂仙之香 P.107	一起来 穆勒 P.183	天竺葵先生 馥马尔 P.227	克里斯托弗·谢德雷克 林之妩媚 芦丹氏 P.149	绯闻 浪凡 P.263
玛蒂尔德·劳伦 第十三时 卡地亚 P.225	M7绝对乌木 圣罗兰 P.185	贵妇肖像 馥马尔 P.231	琥珀君王 芦丹氏 P.155	泽德女士 我的罪 浪凡 P.261
美洲豹 卡地亚 P.241	克里斯蒂娜·纳格尔 为她 纳西索·罗德里格斯 P.191	夜晚 馥马尔 P.251	忽必烈麝香 芦丹氏 P.171	
	帕特丽夏·德·尼古莱 纽约极致 尼古莱 P.245	樊尚·鲁贝尔 灰色鸢尾 雅克·法特 P.55	罪恶晚香玉 芦丹氏 P.177	

品牌附录

爱慕
月之咏叹 25
P. 221

巴尔曼
绿风
P. 53

宝诗龙
香颂男士
P. 169

宝格丽
绿茶
P. 147

凯文·克莱
激情
P. 129

永恒
P. 139

卡朗
黑水仙
P. 25

金色烟草
P. 31

卡朗男士
P. 47

卡地亚
宣言
P. 173

第十三时
P. 225

美洲豹
P. 241

香奈儿
5号
P. 35

俄罗斯皮革
P. 37

岛屿森林
P. 41

19号
P. 91

可可小姐
P. 125

自我
P. 143

米西亚
P. 247

迪奥
迪奥小姐原版
P. 57

迪奥之韵
P. 67

清新之水
P. 81

迪奥蕾拉
P. 101

毒药
P. 131

华氏温度
P. 137

红毒
P. 175

银影清木
P. 197

桀骜男士
P. 205

倩碧
芳香不老药
P. 97

川久保玲
二号男士
P. 199

科蒂
牛至
P. 257

西普
P. 259

蒂普提克
水中影
P. 121

雅诗·兰黛
青春朝露
P. 65

解放橘郡
激情喷射
P. 209

法贝热
香槟
P. 77

弗朗西斯·库尔吉安
绝对黄昏
P. 233

馥马尔
一轮玫瑰
P. 189

醉人晚香玉
P. 203

在你怀中
P. 223

天竺葵先生
P. 227

贵妇肖像
P. 231

夜晚
P. 251

比华利山
乔治
P. 119

纪梵希
纪梵希之水
P. 265

古特尔
南方之水
P. 165

尊爵之香
P. 127

葛蕾
倔强
P. 69

娇兰
掌上明珠
P. 21

阵雨过后
P. 23

蓝调时光
P. 27

蝴蝶夫人
P. 29

一千零一夜
P. 39

午夜飞行
P. 45

香根草
P. 71

满堂红
P. 79

爱之鼓
P. 85

娜希玛
P. 111

熠动
P. 213

爱马仕
爱马仕之水
P. 63

驿马车
P. 73

橘绿之泉
P. 109

漂亮朋友
P. 133

法布街24号
P. 161

橘采星光
P. 201

大地
P. 211

蓝色水仙花
P. 239

天使皮革
P. 243

三宅一生
一生之水
P. 151

爱纳克斯
苍穹
P. 195

雅克·法特
灰色莺尾
P. 55

让·巴杜
喜悦
P. 43

1000
P. 99

芝恩布莎
玫瑰之影
P. 115

高田贤三
丛林
P. 163

一枝花
P. 181

科颜氏
原创麝香
P. 75

阿蒂仙之香
黑莓缪斯
P. 107

白树森林
P. 193

梵音藏心
P. 217

莱俪
墨恋
P. 215

兰蔻
绿逸
P. 83

璀璨
P. 145

浪凡
我的罪
P. 261

绯闻
P. 263

洛丽塔
一号香水
P.167

慕莲勒
哈巴妮特
P.33

穆勒
天使
P.153
—
一起来
P.183
—
异型
P.207

内奥米·古德瑟
白花之夜
P.253

纳西索·罗德里格斯
为她
P.191

尼古莱
纽约极致
P.245

莲娜·丽姿
比翼双飞
P.61

帝国之香
东京麝香
P.237
—
禁忌烟草
P.249

皮埃尔·纪尧姆
茶话
P.187

普拉达
鸢尾轻芳
P.219

拉夫·劳伦
马球
P.105

回忆
广藿香
P.93

罗贝尔·皮盖
喧哗
P.59

罗莎
罗莎女士
P.51
—
罗莎之水
P.89

芦丹氏
林之妩媚
P.149
—
琥珀君王
P.155
—
银鸢鸢尾花
P.157
—
忽必烈麝香
P.171
—
罪恶晚香玉
P.177

维若之香
米图
P.235

圣罗兰
左岸
P.95
—
鸦片
P.103
—
科诺诗
P.117
—
巴黎
P.123
—
M7 绝对乌木
P.185